LE SOUFFLE DE FEU: BLAISE

Dragons du Bayou

CANDACE AYERS

Lovestruck Romance

TABLE DES MATIÈRES

Description de l'histoire	v
1. Chyna	1
2. Blaise	7
3. Chyna	12
4. Blaise	17
5. Chyna	22
6. Chyna	26
7. Chyna	30
8. Blaise	36
9. Chyna	40
10. Chyna	45
11. Blaise	50
12. Chyna	55
13. Blaise	60
14. Chyna	64
15. Blaise	69
16. Chyna	73
17. Chyna	78
18. Blaise	83
19. Chyna	89
20. Chyna	93
21. Blaise	97
22. Chyna	103
23. Chyna	107
24. Blaise	112
25. Chyna	116
Prochain ouvrage de la série	119

DESCRIPTION DE L'HISTOIRE

Chyna Deschamps a décidé de perdre sa virginité.

Autour d'elle, elle voit tout le monde avancer : faire des enfants, emménager ensemble... Et elle, elle fait du sur place.

Lorsqu'elle passe une nuit de passion brûlante avec un dragon, il la marque. Ils deviennent compagne et compagnon ; du moins, c'est ce qu'il pense...

Mais Chyna ne compte pas laisser une marque dicter sa vie. Elle ne se soumettra jamais à un homme.
　　Pas même un homme-dragon sexy comme un diable, prêt à tout pour gagner son cœur.

Chapitre Un
CHYNA

Le groupe jouait un morceau de Zarico, une sorte de blues-r'n'b à la sauce unique du bayou. Un mélange d'accordéon, de violon et de ces sortes de planches à laver appelées frottoirs. Je ne les écoutais qu'à moitié en sirotant ma margarita. J'avais mal choisi mon verre. Mais qui aurait pu penser qu'un cocktail servi dans un boui-boui avec de la sciure au sol ne serait pas délicieux ? Quelle idiote.

Enceinte de quelques mois, ma jumelle était sur un petit nuage. Une de mes collègues s'apprêtait à se fiancer. Et face à toutes ces bonnes nouvelles, en réaction débile, j'avais couru dans le tripot du coin, bien décidée à me jeter sur le premier type assez correct capable d'aligner trois mots que je croiserais. Vraiment débile. Mais le plus débile, c'était que j'étais installée au bar de *Barney Fais-do-do* depuis plus d'une heure, et pour l'instant le seul homme de moins de soixante ans était le barman, que je connaissais depuis le lycée. Ce plan serait peut-être moins pourri si un beau mec entrait dans l'établissement.

Je n'étais pas là à cause d'une personne en particulier. Ni Cherry sur le point d'avoir un enfant avec un homme fantastique, ni Carys Hubert, la présidente du département des sciences, qui venait de partager une photo de son énorme bague de fiançailles sur Facebook.

L'image avait attiré plus de cinq cents « likes ». Non, si j'étais là, c'était à cause de *tout le monde*. Toutes les personnes de mon entourage passaient des étapes importantes. Mariages, enfants, maisons... voitures familiales. Autour de moi, tout le monde devenait adulte. Et moi, j'étais toujours une accro du boulot qui passait ses nuits à noter les devoirs de ses élèves, à créer des présentations sur PowerPoint, à mener des recherches et à rédiger des comptes-rendus. J'étais sortie avec quelques types, mais personne ne m'avait vraiment faite chavirer.

Jusqu'alors, ça ne m'avait pas dérangée. J'aimais ma vie. J'étais professeure à l'université publique de Lafourche un semestre par an et le reste du temps, j'acceptais des missions d'horticulture en freelance. Le plus important, c'était ma liberté : pas de contraintes, personne d'autre que moi pour dicter mes décisions. En-dehors des semestres pendant lesquels je m'engageais à enseigner, je pouvais quitter le pays sur un coup de tête, et ça m'arrivait souvent. D'ailleurs, c'était pour ça que je savais que la margarita que j'étais en train de boire était de la pisse. La dernière fois que j'en avais bu, c'était dans un minuscule bar sur la côte de Mexico. On y murmurait que l'établissement avait été ouvert par l'inventeur des margaritas, Carlos Herrera en personne.

À vingt-neuf ans, j'avais déjà de nombreux voyages et aventures à mon actif. Pourtant, la solitude commençait à me peser. J'avais Cherry, bien sûr, mais elle était en train de fonder une famille. À part elle, je n'avais aucune attache ; ce qui était génial. Mais ces derniers temps, j'avais l'impression que ma vie stagnait. J'étais un peu mélancolique, sans trop comprendre pourquoi.

Et je m'étais dit que perdre ma virginité et acquérir un peu d'expérience sexuelle serait une bonne manière de commencer à faire bouger les choses. Certes, de nombreux « amis » de ma connaissance auraient certainement adoré me *voler ma fleur*, comme on dit, mais cette solution comportait aussi son lot de complications potentielles. Les hommes aussi pouvaient devenir collants. Or je ne cherchais pas à rencontrer l'homme de ma vie. Juste un plan cul. Vite fait, bien fait.

Je le faisais aussi dans une optique de recherche. Je trouvais étrange, à bientôt trente ans, de ne toujours pas avoir connu d'expériences sexuelles. Et si je rencontrais l'homme de mes rêves et que je ne savais pas m'y prendre dans la chambre à coucher ? Je ne voulais pas me ridiculiser. Et si j'étais nulle ? Bon, peut-être pas nulle, mais... Je voulais être un bon coup.

Peut-être étais-je aussi envieuse de la vie sexuelle torride de ma sœur jumelle. Je n'aurais su dire pourquoi j'avais décidé que la solution était de me rendre dans un bar minable pour rencontrer quelqu'un et coucher avec lui. Mon esprit devait être confus à cause des grandes quantités de sucre que je consommais en ce moment. Surtout du chocolat sous toutes ses formes : gâteaux, biscuits... Toutes les douceurs qui me faisaient envie lorsque j'étais enfant. Je me gavais de toutes sortes de sucreries. Je gérais mal la déprime, et j'essayais de l'étouffer avec du sucre.

Je jetai un nouveau coup d'œil autour de moi. Quelques types regardaient dans ma direction, mais ils étaient tous grisonnants et grassouillets. Je n'étais pas opposée à l'idée d'un partenaire un peu plus âgé et mature, mais je ne voulais pas non plus un grand-père. Johnny, le barman, était assez mignon, mais je ne me voyais pas coucher avec lui.

Cela dit, c'était un problème récurrent chez moi. J'avais failli perdre ma virginité plusieurs fois, mais je n'étais jamais allée jusqu'au bout. Je n'étais pas complexée par mon corps, ni par l'acte en lui-même. Simplement... Je n'y arrivais pas. Je m'étais même demandé si j'étais lesbienne, mais j'étais encore moins attirée par les femmes. J'avais beau me répéter que mes copains étaient des types en or, ils ne semblaient jamais être « le bon ». Peut-être que j'avais un problème. Merde, bien sûr que j'avais un problème. Et alors ? C'était le cas de la plupart des gens, non ?

Je fis glisser mon verre sur le bar, étalant la condensation sur le bois. Je ferais mieux de m'avouer vaincue et m'en aller. Je pourrais toujours revenir demain. Il ne me restait plus qu'à finir ce verre et rentrer chez moi, où je me servirais une tasse de tisane et engloutirait un paquet de brownies au chocolat, ceux présentés en paquets individuels avec des petites décorations sucrées sur le dessus... Mon estomac approuva l'idée d'un long grondement. Va pour les brownies.

Je me levai et m'approchai de Johnny pour payer mon verre, et fouillai mon sac à la recherche de ma carte bleue. Je finis par la localiser nichée entre deux échantillons de plantes, et la sortit en un grand geste avec un cri de triomphe.

Mon bras heurta une surface dure. Je me retournai et découvris un homme immense et incroyablement séduisant, dont je venais de renverser la bière. Il essuya les quelques gouttes d'alcool sur son visage d'un revers de manche. Je restai bouche bée un instant avant de réagir. Je posai son verre vide sur le bar, puis lui tendis une poignée de serviettes en papier pour qu'il se sèche.

— Je suis vraiment désolée. Je ne faisais pas attention. Je ferai nettoyer votre chemise, si vous voulez, dis-je en levant la tête vers son visage magnifique.

Un petit sourire illumina son regard.

— Ce n'est qu'une chemise, répondit-il avec un haussement d'épaule.

— Dans ce cas, laissez-moi quand même vous offrir une autre bière. Je suis vraiment navrée, encore une fois, dis-je en faisant signe à Johnny, qui s'exécuta immédiatement.

— J'accepte vos excuses, même si encore une fois, elles ne sont pas nécessaires. Ce n'est rien. Je ne vais pas fondre.

En tout cas, il était assez sexy pour causer des ravages sur son passage. Si le bar avait contenu n'importe quelle autre femme, elle aurait été dans tous ses états. Même moi, j'étais sous le charme. Mais rien de plus, cependant. Pas pour moi, la fille à problèmes. Il avait beau être sublime, je me tournai vers la sortie en pensant déjà au paquet de brownies industriels avec lequel j'allais terminer ma soirée. Je laissai tomber mon plan pour ce soir. Je voulais juste rentrer chez moi.

Johnny tendit la bière à l'homme et prit ma carte pour m'encaisser. Je me retrouvai à nouveau seule avec l'inconnu.

— Merci pour la bière, dit-il. Vous voulez vous joindre à moi ?

Du coin de l'œil, je vis Johnny qui revenait avec ma carte bleue. Je savais que ce moment pouvait être décisif dans ma vie. J'étais à un carrefour ; selon mes choix, les prochaines heures pouvaient se dérouler de manières très différentes. Je voulais rentrer chez moi, mais aussi faire de nouvelles expériences — et avancer. Après avoir fixé mes pieds un moment, je levai les yeux vers l'inconnu.

— Pourquoi pas, répondis-je en haussant une épaule.
— Vous voulez un autre verre ? demanda-t-il.

Je commandai une autre margarita et suivis l'inconnu à une table au fond de la petite salle. Je m'assis sur la banquette en face de lui, et me forçai à sourire.

— Je ne crois pas t'avoir déjà vu.
— Je m'appelle Armand. Je ne fréquente ce genre d'endroit souvent. J'essaie de faire de nouvelles expériences.
— Armand.

Il me fit un grand sourire, révélant une rangée de dents blanches qui me rappelèrent étrangement la mâchoire d'un alligator.

Johnny m'apporta un nouveau verre sur une serviette en papier avant de s'éloigner. Je ne savais pas vraiment de quoi parler. Je me sentais mal à l'aise. J'aurais peut-être mieux fait de refuser son invitation, mais partir maintenant aurait été mal élevé. Armand était un homme bien fait, un vrai plaisir à regarder, mais il ne me faisait aucun effet.

— Que font les... euh, les *gens* dans ce genre d'endroit ? demanda-t-il.

Je le fixai en plissant les yeux. Il avait été sur le point de dire *humains*. J'en aurais mis ma main à couper. Était-ce un dragon comme le nouveau mec de Cherry, ou une créature différente ? Et surtout, comment pouvais-je lui poser la question sans passer pour une folle ?

— Tout va bien ?

J'acquiesçai. Je ne voulais pas passer pour une dingue, aussi je choisis de la jouer fine.

— Au fait... ma sœur, *Cherry*, vient de rencontrer un type qui s'appelle *Cezar*...

— La compagne de Cezar est ta sœur ? demanda Armand avec un grand sourire.

— C'est ma jumelle. Alors, tu connais ma sœur ? Et Cezar ?

— Elle n'a pas encore appris à nous exclure lorsqu'elle communique télépathiquement avec Cezar. Je crains de devoir dire que je connais beaucoup trop bien ta jumelle — et Cezar. Comme nous tous.

J'éclatai de rire, comprenant ce à quoi il faisait référence. Depuis qu'elle était devenue la compagne d'un dragon, Cherry pouvait communiquer télépathiquement avec lui, mais elle n'avait pas encore réussi à ne diffuser ses pensées qu'à Cezar, et en faisait profiter tous les dragons.

— Alors, tu es... Un dragon ?
— En effet, répondit-il en bombant le torse.

BLAISE

Je n'étais vraiment pas fan des bars humains. Ils sentaient la sueur et la bière rance. Et nous n'avions pas croisé la moindre femme dans les derniers bars où Armand nous avait traînés. Nous étions restés rassemblés en cercle et avions bu de la bière humaine qui ne nous faisait aucun effet. Cette fois, j'avais emporté une flasque du breuvage d'Armand dans ma poche avant de quitter mon château, mais ce ne serait pas suffisant pour passer une bonne soirée en tentant de rencontrer ma compagne dans un bar.

J'arrivais en ville depuis les airs avec un balluchon de vêtements dans la gueule. J'atterris à moins d'un kilomètre du bar et repris forme humaine. Je passais tant de temps sous ma forme de dragon à planer haut dans les airs ces derniers temps que me tenir sur deux jambes me parut étrange. Une fois habillé, je me dirigeai vers le bar choisi par Armand. Je fus assailli par une impression étrange en m'approchant, et pilai net. Je détendis ma nuque et étirai mes épaules en regardant autour de moi, pour trouver la source de mon malaise. Quelque chose dans l'air me donnait la chair de poule, dérangeait mon dragon. Il était agité et nerveux, ce qui n'était habituel chez lui, mais il était rarement mal à l'aise.

À mesure que j'approchai du bar, les sensations s'amplifièrent. J'appelai mentalement Armand en décelant son odeur dans l'établissement.

Mon frère, tout va bien là-dedans ?

Mieux que bien, répondit Armand d'un ton enjoué. *Il y a une femelle ici. Je t'avais dit que mon idée pouvait marcher. C'est la sœur de Cherry.*

Une seule femelle. Merveilleux, Armand, soupirai-je en passant la main dans mes cheveux.

Je savais que je devais trouver une compagne, et l'idée d'échouer me nouait les tripes. Je risquais aussi de ne pas trouver de compagne à temps et de perdre lentement la raison. Ce serait très dur pour mon frère jumeau, Remy. Il devrait me supprimer ; évidemment, les autres dragons lui laisseraient cette tâche. Toute déplaisante qu'elle soit, c'était son devoir. Je ne souhaitais pas ça pour lui, bien sûr.

Et si je la trouvais, mais que je ne lui plaisais pas ? Et si finalement, je n'étais pas aussi différent de mon père que je ne l'espérais ?

Je n'étais pas prêt. J'aurais dû y être préparé depuis des centaines d'années, mais j'avais évité le problème. Remy était pareil. Et pourtant, nous venions à ces soirées idiotes pour essayer de trouver nos compagnes. Les soirées de la dernière chance, vraiment ; pour sauver notre peau. Si nous ne trouvions pas nos compagnes d'ici l'éclipse, nous serions condamnés.

Remy apparut à mes côtés. Juste au bon moment, comme toujours.

— Salut frérot, me salua-t-il.

— Enfoiré.

Je lui en voulais toujours pour son coup de la semaine dernière. Il m'avait défié au combat dans mon château, et alors que j'allais l'écraser, il s'était enfui en détruisant un mur. Je l'avais reconstruit, mais recevoir les matériaux avait pris du temps.

— Toujours en rogne, hein ?

— Toujours envie de te rendre visite et de foutre le feu à ton château avant de partir.

— Tu penses vraiment que j'ai construit un château minable si tu penses pouvoir le cramer avec quelques flammèches.

— Probablement.

Il me poussa. Je retrouvai l'équilibre juste avant de heurter la double porte du bar miteux où nous retrouvions les autres. Nous étions trop massifs pour nous appuyer contre de fragiles constructions humaines. Cette porte aurait facilement pu se faire démonter par un humain ; je n'osais imaginer ce que j'aurais pu lui faire en tombant dessus, pensai-je en souriant.

En entrant, je fus submergé par la même sensation que lorsque j'avais atterri. L'air du bar pénétra mes narines, et j'eus besoin de secouer la tête pour m'éclaircir les idées. Je me tournai vers Remy. Il ne semblait pas affecté.

— Tu sens ça ?

— Sentir quoi ? me demanda-t-il en me jetant un regard étrange.

Je sentais autre chose sous l'odeur de bière rance. Quelque chose de doux, qui me rappelait un dessert humain. Un brownie au chocolat surmonté de glace à la vanille. Mon estomac gronda. Je me dirigeai vers l'arôme sans pouvoir résister, conscient qu'il se passait quelque chose d'important. J'espérais trouver des brownies dans ce bar. Je préférais ces gâteaux à la pisse qu'il servait.

Je suivis mon nez, et Remy, jusqu'au fond de la salle. Je m'apprêtais à demander à Armand s'il avait ramené du dessert, mais il fit un pas de côté et je découvris la source de l'odeur. *Ma compagne.*

Mon dragon rugit en moi, tandis que je restais muet face à la plus belle femelle qu'il m'avait été donné de voir. Des yeux sombres, la peau noire, une épaisse chevelure brune. Je la désirai instantanément. Je ressentis une profonde reconnaissance, un apaisement instantané. Mon dragon s'étirait et roulait des mécaniques, prêt à montrer sa force, sa valeur au combat et sa vigueur sexuelle pour séduire sa femelle. Je faillis me transformer sur place.

J'aurais dû faire ou dire quelque chose, mais je ne savais plus comment se comportaient les humains dans ce genre de situation. Lui sourire, s'asseoir, la saluer ? Lui serrer la main ? Je me contentai de la fixer, toujours en état de choc. Je ne m'attendais pas à ce que ça m'arrive aujourd'hui.

— Blaise ?

Je clignai des yeux en essayant de faire redémarrer mon cerveau. Il fallait que je fasse quelque chose.

Reprends-toi, frérot. Tu es vraiment bizarre, résonna la voix de Remy dans ma tête, me sortant de ma transe.

Il s'apprêtait à s'asseoir sur la banquette à côté de ma compagne. Je grognai et empoignai le col de son t-shirt avant de le balancer loin d'elle, en direction d'Armand.

Les lambeaux du t-shirt de Remy toujours dans mon poing serré, je souris à la jeune fille.

— Il sent mauvais. Tu n'aimerais pas être assise à côté de lui.

Son regard s'assombrit, et je décelai des rougeurs discrètes sur ses joues. Elle leva timidement la tête et croisa mon regard. Ses yeux du noir le plus profond entourés de cils épais me subjuguèrent. Elle entrouvrit les lèvres, des lèvres pleines qui semblaient délicieuses.

Mon genou effleura sa jambe lorsque je me tournai pour lui faire face, et un courant électrique passa immédiatement entre nous. J'inspirai brusquement. Par les flammes, c'était intense.

— Bonjour. Je suis Blaise.

Ton avenir.

— Il fait chaud ici, non ? Je veux dire, je trouve qu'il fait chaud. Je dois avoir les joues toutes rouges. Cette chaleur est étouffante, balbutia-t-elle.

Je me mordis la lèvre inférieure en fixant ses lèvres tandis qu'elle parlait d'un ton stressé. Elle avait une bouche splendide. Des lèvres pleines qui ne demandaient qu'à être embrassées et caressées.

— Je m'appelle Blaise.

Je me répétais, non ?

Elle serra ses lèvres extraordinaires un instant avant de hocher la tête.

— Bien sûr. Je suis Chyna.

Je tendis la main, espérant la toucher. J'en avais *besoin*. Je dus retenir un gémissement lorsque sa petite main délicate se glissa dans la mienne. Une vibration prit naissance derrière mes yeux et voyagea jusque dans mes orteils, avant de se stabiliser dans ma queue. Sa peau était très douce. Lorsqu'elle se pencha vers moi, une nouvelle effluve chocolatée me parvint. C'était une vraie torture. Combien de temps étais-je censé attendre avant de l'asseoir sur mes genoux et d'aspirer sa lèvre supérieure entre les miennes ? J'aurais dû étudier les coutumes humaines, comme l'avait fait Cezar. Peut-être aurais-je su quoi faire, quoi dire, comment me comporter.

— Alors Blaise, je vois que tu as fait connaissance avec ma nouvelle amie, remarqua Armand avec une moue boudeuse, avant d'hausser les épaules. Elle m'a un peu parlé de son travail et...

Je vais te réduire en bouillie si tu ne la fermes pas, envoyai-je mentalement à Armand tout en faisant un petit sourire à Chyna pour qu'elle ne me trouve pas désagréable.

Je me concentrai sur elle pour jauger ses réactions. J'espérais qu'elle n'était pas trop mal à l'aise. Elle était assise seule avec Armand, et voilà qu'elle se retrouvait soudain entourée de deux énormes colosses, moi y compris, qui lui coupaient la route et prenaient beaucoup de place sur la banquette.

— Si tu veux bien me laisser passer, j'aimerais aller aux toilettes, dit-elle en touchant doucement mon bras, comme si elle avait lu dans mes pensées.

Je me levai d'un bond de la banquette et me décalai pour la laisser sortir. Une fois côte à côte, je remarquai qu'elle était mince et plutôt grande pour une femme, bien qu'elle restât beaucoup plus petite que moi. Je luttais intérieurement contre la bête en moi qui m'encourageait à la prendre dans mes bras et à décarrer loin d'ici. J'avais écouté d'une oreille ce que nous avait seriné Cezar à propos des coutumes de séduction humaines, donc je savais que je devais... comment disait-il, déjà ? Ah oui, *rester cool*.

— Je reviens tout de suite, dit-elle avant de s'éloigner.

J'admirai ses fesses tandis qu'elle traversait le bar, puis me tournai vers Remy et Armand.

— C'est elle. C'est ma compagne ! Par les flammes, je suis censé faire quoi maintenant ?

Chapitre Trois
CHYNA

Dès que je fus dans les toilettes, je sortis mon téléphone et composai le numéro de Cherry. Elle ne répondit pas, mais ça ne m'empêcha pas de rappeler immédiatement. Toujours pas de réponse. Je continuai à rappeler ; j'avais vraiment besoin de lui parler.

À mon troisième essai, elle répondit enfin par un juron, essoufflée :

— Chyna, tu as intérêt à être en danger de mort.

— J'ai rencontré un dragon. Trois, en fait. Et je pense que je vais coucher avec l'un d'entre eux.

— Quoi ?! s'écria-t-elle avant de dire quelque chose hors du combiné, probablement demander à Cezar de lui laisser un instant. Quels dragons ? Avec lequel as-tu envie de coucher ?

— Il s'appelle Blaise. Mon corps perd les pédales. Je n'avais jamais ressenti ça. Genre, vraiment jamais. Dis-moi que je suis dingue. Que je ferais mieux de rentrer dormir. Cherry, il est tellement sexy, soupirai-je. Beau comme un dieu. Il me donne envie de me mettre à poil devant tout le monde et de le supplier de me prendre contre une table. Ooh, il y a peut-être assez de place dans les toilettes, remarquai-je en observant la pièce dans laquelle je me trouvais.

Si je m'asseyais sur le lavabo et levais les jambes, je pourrais peut-être m'appuyer contre le distributeur de serviettes...

— Par les flammes ! résonna la voix de Cezar.

— Pourquoi m'appelles-tu ? On dirait que tu sais ce que tu veux.

— Est-ce que c'est... euh... un gentil dragon ?

Je détestais entendre ma voix trembler, mais je ne pouvais l'en empêcher. Je n'avais pas envie de me mettre avec un type et d'apprendre plus tard qu'il était un monstre. Hum, enfin...

— Cezar ? ... Cezar ? ... Attends, je demande à Cezar. Je ne sais pas où il est parti.

Je n'entendis plus rien pendant un moment, puis le rire de Cezar résonna.

— Oh-oh, dit Cherry d'une petite voix inquiète.

— Quoi ? demandai-je en retenant mon souffle. Comment ça, « oh-oh » ?

— Hum, tu te souviens que je n'arrive pas toujours à limiter mes échanges télépathiques à Cezar ?

— Cherry ! Qu'as-tu fait ?

— Je voulais juste demander à Cezar si Blaise était une personne délicate. Tu sais, s'il saurait être doux pour ta première fois. Je ne le connais pas assez pour le savoir. J'ai voulu demander à Cezar, et... enfin... en tout cas, peut-être que Blaise n'a pas entendu !

— Il a entendu, dit Cezar en riant. Navré, Chyna, mais il vaut mieux qu'on raccroche. Un dragon va se retrouver collé à toi d'un instant à l'autre. Et rassure-toi, Blaise est un digne compagnon.

— Oh bon Dieu, Cherry, je vais te tuer ! Dès que tu auras donné naissance à ma nièce, tu es morte.

— Neveu, gronda Cezar.

— Ou nièce, répliquai-je avant de raccrocher.

Je rangeai le téléphone et fixai le miroir pour reprendre un peu contenance. Mes pupilles étaient dilatées, et je pouvais voir mon pouls battre contre ma clavicule. Mes joues étaient cramoisies. À cause de ma sœur Blaise savait qu'il me plaisait. La honte.

Ce n'était pas une situation idéale, mais au moins, il savait ce que je pensais. C'était mon objectif ce soir, après tout. Mission déflorer Chyna. Si Blaise était partant, et il semblait l'être, j'avais une opportunité de perdre ma virginité avec un dragon sexy. L'homme le plus séduisant qu'il m'avait été donné de connaître.

Je ne pouvais ignorer l'alchimie entre nous. L'air était électrique. Dès que je l'avais vu, c'était comme si le reste de la pièce s'était évaporé. Mon corps avait réagi immédiatement à sa présence. C'était tout l'encouragement dont j'avais besoin. Blaise était le seul et unique homme pour lequel j'avais ressenti de l'attirance ; bon Dieu, et pas qu'un peu. En ce qui me concernait, j'étais prête à sauter le pas.

Je pris encore quelques minutes pour remettre du rouge à lèvres et recoiffer un peu ma tignasse avec mes doigts. Je ne pouvais pas faire grand-chose. Je décidai de laisser mes cheveux détachés et les étalai sur mes épaules. Je hochai la tête à mon reflet dans le miroir pour m'encourager. Je pouvais le faire. C'était juste du sexe. Tout le monde le faisait.

Mais j'avais l'intuition qu'il ne s'agissait probablement pas d'un coup d'un soir. Je ne savais pas trop d'où venait cette impression. Bien sûr que ce ne serait que du sexe. À des fins de recherche. Ma décision prise, je relevai le menton, pris une grande inspiration et ouvris la porte... et trouvai Blaise dans le couloir, appuyé contre le mur directement en face des toilettes.

J'aurais dû être mal à l'aise, ou avoir peur de le trouver là en train de m'attendre. Mais je ne pouvais pas le quitter des yeux. Ses pupilles avaient des reflets rougeoyants. Sans réfléchir, je m'approchai de lui. J'avais envie de plonger dans ces yeux et de ne plus jamais remonter à la surface. Ils étaient assortis à ses flamboyantes mèches rousses.

— Ta sœur n'a pas perdu son talent pour les diffusions groupées, dit-il à voix basse, presque un grondement.

— Je pense la renier, répondis-je en secouant la tête.

— Je suis ravi de ce que j'ai appris.

Toujours adossé au mur, il ne bougeait pas. J'avais envie de l'attraper par le t-shirt et de le coller à moi. Il semblait trop calme, malgré sa voix un peu étranglée. Je voulais qu'il soit autant perturbé que moi.

Je fis un pas vers lui, rassurée de savoir qu'il avait envie de la même chose que moi. Sinon, il ne serait pas venu m'attendre ici juste après avoir appris que je voulais coucher avec lui, n'est-ce pas ?

— Qu'est-ce qui se passe maintenant ? demandai-je.

Il me fit un sourire carnassier et se décolla du mur. Il me surplombait de toute sa taille. Je mesurais un mètre quatre-vingts, donc il faisait au moins deux mètres. Il me détailla des pieds à la tête de son regard unique, puis caressa ma mâchoire du bout des doigts. Le contact de sa peau contre la mienne laissa des décharges électriques sur son chemin. Il me rendait folle.

Je ressentais son contact dans toutes les fibres de mon corps. Mon entrejambe était en feu. Je réalisai en sursautant que ma culotte était mouillée, et ma robe me sembla soudain beaucoup trop légère. Je me sentais toute humide, et je craignais soudain qu'il puisse sentir mon excitation avec ses sens surdéveloppés.

— À toi de me le dire, Chyna. Qu'aimerais-tu qu'il se passe ?

— Tu le sais, dis-je en mordillant ma lèvre inférieure et en soutenant son regard. Cherry a pris soin d'en informer tous les dragons.

Il referma lentement la distance entre nous sans se départir de son sourire, ne laissant que quelques centimètres. L'électricité s'épaissit entre nous, produisant un crépitement presque audible.

— Je n'ai pas envie de l'entendre de Cherry. Je veux l'entendre de ta bouche.

Quelqu'un entra dans le couloir, et je dus me rapprocher de Blaise pour le laisser passer. J'eus le souffle coupé dès que ma peau entra en contact avec la sienne.

— Je veux coucher avec toi, dis-je en le regardant droit dans les yeux.

La personne qui venait de nous dépasser se racla bruyamment la gorge, et je compris que je n'avais pas attendu qu'il soit hors de portée d'oreille pour balancer ma confession. De toute manière, je ne voyais pas comment je pouvais être plus embarrassée qu'à ce moment. Mais quand Blaise me regardait, plus rien n'avait d'importance. Son expression était beaucoup trop captivante pour que je me soucie que quelqu'un m'ait entendue lui avouer mon désir.

Ses larges mains se refermèrent autour de ma taille.

— Tu habites près d'ici ? murmura-t-il, son souffle chaud venant caresser mon visage.

— Ma voiture est garée sur le parking. On peut s'installer sur la banquette arrière. Ou dans le coffre. Peu importe.

Je ne me sentais pas en mesure de faire la difficile. À vrai dire, je n'en avais rien à faire. Je voulais juste coucher avec lui.

— Tu penses que tu rentreras dans ma voiture ? demandai-je avec un regard gourmand sur son torse massif et ses bras épais.

— Probablement pas, répondit-il en souriant.

— Tu veux essayer ?

— Volons plutôt ?

— *Voler* ?

Sa main descendit lentement le long de mon dos et s'arrêta à la naissance de mes fesses.

— Voler, répéta-t-il.

Je le laissai me guider hors du bar, et il m'entraîna en courant jusqu'à un parking désert quelques centaines de mètres plus loin. Le soleil était couché depuis longtemps. Suivre un inconnu dans le noir aurait dû m'inquiéter, mais je savais que je m'apprêtais à voir un dragon pour la première fois, et je serais allée jusqu'au bout du monde pour voir une chose pareille. Surtout si ce voyage comportait la promesse d'être déflorée et de vivre une expérience incroyable.

Chapitre Quatre
BLAISE

Je n'avais jamais senti mon cœur battre si fort. J'allais révéler ma forme de dragon à ma compagne pour la première fois. Je savais que mon dragon était un être fantastique, mais ma compagne était humaine. Et si elle prenait peur ? Et si elle me voyait soudain comme un monstre ?

Je refusai de me laisser étreindre par le doute. Je fis demi-tour et pris Chyna dans mes bras. Son corps épousait si parfaitement le mien. Elle était douce et chaude contre ma peau. Sa poitrine pressée contre mon torse, je devais me concentrer pour la regarder dans les yeux.

— Tu es nerveuse ?

— Tu plaisantes ? répondit-elle en secouant la tête. J'ai hâte de voir un dragon.

La lâcher me fut difficile, mais plus vite je me transformais et nous emmenais chez moi, plus vite...

Je lâchai sa taille et fis quelques pas en arrière pour créer assez d'espace entre nous. Je lui lançai un dernier sourire rassurant avant de me transformer. Lorsque mon corps commença à changer, je laissai exploser ma joie d'avoir rencontré ma compagne. Moins d'une heure auparavant, je doutais d'être prêt, mais après avoir découvert son visage captivant et ses courbes alléchantes, je savais maintenant ce pour quoi j'étais né : pour elle.

Mon dragon écarlate la domina de toute sa hauteur, ma petite compagne qui se tenait fièrement devant lui, les yeux écarquillés. Je crachai quelques flammèches au-dessus de sa tête pour l'impressionner et ris en la voyant sautiller en éclatant de rire. Elle était impressionnée.

— C'est... Tu es... *incroyable*.

Elle s'approcha de moi sans manifester la moindre peur ou hésitation, comme je l'avais craint.

— Comment fais-tu ? demanda-t-elle. Où se cache toute cette masse lorsque tu es sous forme humaine ? Où vont tes ailes, tes écailles... tes griffes et tes crocs ? Ouah, tu as beaucoup de crocs. Tu es immense, Blaise. Je peux te toucher ?

Sans attendre ma réponse, trop concentrée sur son étude, elle passa la main sur mon aile et poussa un cri surpris :

— Elles sont si délicates ! Comme de la soie.

Je crachai une autre flammèche en grondant. Je n'étais pas délicat. J'étais un guerrier valeureux et sans peur. Si je le décidais, je pouvais réduire cette ville en cendres en quelques secondes.

Elle toucha mes écailles avec un petit rire.

— Ici en revanche, ce n'est pas doux. Tes écailles sont dures comme de la pierre. Tu es magnifique.

Je voulais lui en montrer plus, l'impressionner encore davantage avec ma puissance, mais elle pressa ses lèvres contre mon aile et poussa un petit soupir. Je me sentis le dragon le plus puissant et le plus valeureux au monde. Je fus si captivé et pris par surprise par son geste que je manquai presque de remarquer l'humain qui s'approchait de nous au loin.

Je la poussai du bout de mon museau pour lui indiquer de monter sur mon dos. Elle comprit immédiatement et grimpa puis enserra mon cou avec ses cuisses aussi fort que possible. Lorsque je m'élançai dans les airs, son rire résonna dans la nuit.

J'étais sûr que nous venions de terroriser un pauvre humain qui rentrait chez lui, mais ça valait la peine pour l'entendre rire ainsi. Elle était si libre, si joyeuse... Je mourrai d'envie de découvrir son corps, de la goûter. J'allais prendre mon temps pour la savourer. Je me rendis jusqu'à mon château au milieu du marais et volai très bas, sous la canopée, puis déposai Cherry sur le dock.

— C'était incroyable ! s'écria-t-elle en touchant le sol.

Je repris forme humaine en me répétant d'être doux avec elle, mais sans effet. Je refermai la distance entre nous si vite qu'elle sursauta. Elle ne s'attendait pas à me découvrir nu. Je lui fis lever la tête et unis nos bouches.

Je sentis les flammes du désir se répandre depuis ma bouche jusqu'à mon membre. L'odeur de son excitation s'intensifia ; je pris une profonde inspiration et grognai. J'agrippai sa hanche pour la serrer contre moi et léchai sa lèvre inférieure pour en découvrir le goût. Un brownie au chocolat arrosé de crème vanille. De la vanille, du chocolat et toutes les saveurs les plus délicieuses de l'univers se révélèrent lorsqu'elle ouvrit la bouche pour moi. J'y glissai ma langue en me délectant.

Le décor autour de nous disparut lorsque sa langue se mit à danser avec la mienne. J'avais l'impression que le plaisir laissait une traînée de flammes de mes lèvres à mon gland. J'avais besoin d'elle. Vite. Nous prendrions notre temps plus tard. Je me penchai et soulevai ses cuisses pour la porter contre moi. Nos bouches toujours unies, je nous emmenai jusqu'à la porte.

Chyna me caressa le dos puis remonta et enfonça ses doigts dans mes cheveux. Elle mordilla ma lèvre inférieure en tirant mes mèches d'une manière si sauvage et primale que je sentis mes genoux faiblir sous le nouvel assaut de plaisir ; je manquai de trébucher en passant la porte.

Je repris l'équilibre avant de nous faire tomber par terre, et continuai en direction de ma chambre, en prenant soin de ne pas trébucher sur une des piles de linge sale, de déchets ou de choses diverses parsemées dans la pièce. Je n'étais pas le dragon qui tenait le mieux son intérieur. Je serrai ses fesses entre mes main et embrassai sa gorge. La stimulation lui fit serrer ma taille plus fort entre ses cuisses. Elle me désirait tout autant que moi.

J'entrai dans la chambre et la déposai sur ses pieds, puis me forçai à faire un pas en arrière et à me calmer. Par les flammes divines, je voulais en finir, mais c'était trop important pour précipiter les choses. Je ne voulais pas blesser ma compagne, et je souhaitais lui prouver mes compétences sexuelles en lui donnant du plaisir. Je devais lui montrer que j'étais digne d'elle.

Mais si j'essayais de prendre mon temps, Chyna ne le voyait pas du même œil. Elle passa sa robe par-dessus sa tête et se retrouva uniquement vêtue d'une petite culotte rose. Lorsque je posai les yeux sur sa poitrine, elle prit ses petits seins entre ses mains et taquina ses tétons du revers du pouce. Bruns sombres et fièrement dressés, ils m'appelaient, demandant à être adorés.

Ma gorge était soudain sèche, et lorsque j'essayai d'avaler, je dus tousser avant d'y parvenir. J'étais comme hébété par sa beauté. Je fis un pas vers elle. Je tremblais. J'étais le dragon le plus chanceux au monde.

— Tu es exquise, réussis-je à articuler.

Elle fit descendre sa culotte le long de ses jambes en souriant. Elle fit un pas de côté, et dit en riant :

— Voilà, on est quittes.

— Nous sommes loin d'être quittes, répondis-je. Viens ici.

Elle fit un pas vers moi et posa ses mains sur mon torse, puis colla sa poitrine contre moi. Son sourire était si tentateur que je poussais un grognement involontaire.

— Que fait-on maintenant, dragon ? demanda-t-elle.

Sa question innocente contrastait avec ses gestes sensuels. Le résultat était puissamment aphrodisiaque pour moi. Je posai les mains sur son cou fin et caressai ses clavicules du revers du pouce. Elle était si délicate, si fragile. Rien à voir avec les dragonnes de l'ancien monde. J'ignorais ce que son corps pourrait supporter, et j'aurais préféré mourir plutôt que lui faire du mal.

J'étais si concentré à me demander quoi faire en premier et ce qui serait approprié pour ma compagne, que je poussai un cri de surprise lorsque sa petite main se referma mon membre et le serra doucement. J'aurais dû lui dire d'arrêter et me concentrer pour lui donner du plaisir, mais elle se mit à genoux devant moi avant que je ne retrouve ma voix. Elle branla doucement ma queue en se léchant les lèvres, et leva les yeux pour me lancer un regard tentateur. Je dus lutter de toutes mes forces pour ne pas la marquer dans l'instant.

— Ça te plaît ?

J'éclatai de rire et caressai son épaisse chevelure noire. Je n'arrivais pas à croire ce que j'étais en train de vivre.

— Et même plus que ça, répondis-je.

Je perdis tous mes repères tandis que Chyna me faisait l'amour avec sa langue. Elle aspira mon sexe en léchant toute sa longueur, et je découvris un plaisir si intense qu'il s'apparentait à de la torture. Je levai la tête et m'abandonnai aux sensations que me procurait la petite diablesse à mes pieds.

Chapitre Cinq
CHYNA

J'ignorais quelle déesse du sexe s'était emparée de mon corps, mais je l'adorais. Je me comportais comme une séductrice confirmée. Je levai les yeux vers Blaise, qui me fixait avec un regard brûlant. Son sexe était parfait, mais il était *gros*. Presque effrayant. Je n'étais pas certaine qu'il entre entièrement en moi, mais je comptais bien essayer.

Je n'avais jamais eu envie de faire ce genre de choses à un homme avant. Donner du plaisir de cette manière ne m'avait jamais attiré, ni aucune autre, à vrai dire. Mais, à genoux devant Blaise, à l'affût de ses réactions, je me sentais comme une reine.

— Je veux te goûter, déclara Blaise d'une voix autoritaire en me relevant comme si je ne pesais rien.

Les yeux écarquillés, il semblait si perturbé que je me demandai soudain s'il y avait un problème. Mais avant que je puisse ouvrir la bouche pour lui poser la question, il murmura :

— Tu es parfaite.

Il se mit à genoux près de moi. Je cessai de respirer en découvrant son corps splendide de plus près. Je me mordis la lèvre et remerciai silencieusement le ciel d'avoir créé de magnifiques dragons. Avais-je raison de remercier le ciel ? Quoi qu'il en soit, j'étais reconnaissante pour la présence de cet homme sur Terre. Tout en muscles, un gros membre dressé... Sans parler de son visage d'ange.

Je profitai qu'il se baisse pour donner un petit coup de langue à son téton. Il inspira brusquement, m'indiquant qu'il aimait la stimulation. Je recommençai, et me retrouvai bientôt écrasée contre le matelas, les yeux levés vers Blaise, les bras au-dessus de la tête, les poignets réunis dans une de ses grandes mains. Il me regardait avec des yeux brûlants.

— J'ai envie que ça dure.

— Moi aussi, dis-je en passant ma jambe sur la sienne et en caressant son mollet du bout du pied.

— Alors, tu dois te tenir, répondit-il en plaquant ma jambe contre le lit en appuyant la sienne dessus.

Me tenir ? Bon Dieu, pourquoi l'entendre parler ainsi m'excitait-il autant ? Peut-être parce que justement, je n'étais pas le genre de personne à « me tenir » juste parce qu'un homme me le demandait. Je luttai contre sa force et lui lançai un regard mauvais. Il allait voir si j'allais me tenir. Cette idée fit redoubler mon excitation.

Blaise se pencha et effleura tendrement mes lèvres, mais son baiser devint rapidement plus pressant. Sa langue envahit ma bouche. Il me serra les poignets plus fort, parce que je cherchais toujours à me libérer.

Il n'avait aucun mal à me dominer, et cette pensée était légèrement effrayante. Le fait que ça me plaise autant l'était encore plus.

Je mordis sa lèvre, et sentit son torse vibrer sous son grondement. Il m'embrassa plus violemment. Sa barbe naissante irrita mes joues et mon menton. Il me mordilla la lèvre en retour, puis mon cou, et descendis vers ma clavicule. Il me punissait de l'avoir mordue, mais j'appréciais la sentence.

Il dévora ma clavicule en utilisant sa bouche, sa langue et ses dents, puis descendit vers ma poitrine. Je n'étais pas vraiment une fille pulpeuse ; mes seins n'avaient rien de remarquable. Ça ne semblait pas être l'avis de Blaise, cependant. Sa langue découvrit des endroits et me fit ressentir des choses que je ne soupçonnais pas. Il occupait l'autre sein qu'il n'embrassait pas avec sa grande main chaude. J'avais l'impression de redécouvrir ma poitrine entre ses doigts.

Je me cambrai, réclamant silencieusement plus de caresses. Je me sentais sur le point de jouir alors qu'il ne m'avait même pas encore touchée sous la taille.

Comme s'il avait senti ma détresse, Blaise prit son temps pour prolonger le plaisir. Je remuai les poignets pour essayer de me dégager de son emprise, mais il ignora mes efforts. Il continuait à son rythme, méthodiquement, exprimant sa passion pour mon corps.

Lorsqu'il referma enfin sa bouche autour de mon téton et le suçota, je poussai un cri. Mon entrejambe pulsait ; je levai les hanches pour essayer de me coller à lui. Le moindre contact entre mes jambes me ferait exploser. Mais il se maintint au-dessus de moi, et je restai sur la brèche, tremblante, au bord des larmes, désespérée d'atteindre l'orgasme.

Lentement, il décolla ses lèvres et taquina mes tétons en passant sa langue autour de la zone et en les pinçant, me tirant un petit gémissement de douleur. Même sa langue était une torture. Il continua à descendre le long de mon corps, et lécha le dessous de mes seins, puis suivit la ligne de ma cage thoracique. Il s'arrêta à chacune de mes côtes. Chaque centimètre de mon corps reçut une attention spéciale.

Arrivé à mon nombril, il plongea la langue dedans et me fit gémir. Il continua jusqu'à ce que je tremble des pieds à la tête. Cette pénétration me donnait d'autres images en tête, dont je n'avais pas besoin alors que j'étais déjà sur le point de jouir.

Sa main relâcha enfin mes poignets pour venir se poser entre mes cuisses. Il souleva mes jambes et les posa sur ses épaules, puis me tira vers lui jusqu'à ce que mon sexe soit entièrement exposé à sa vue. Seules ma tête et mes épaules reposaient encore sur le matelas. Nous devions probablement avoir l'air d'acrobates, mais l'anticipation de ce qui allait suivre occupait tous mes sens et je ne me souciais pas de ma position. Il allait enfin me laisser jouir. J'allais enfin connaître l'orgasme qui brûlait d'exploser en moi.

— Pose les mains sur tes cuisses et ne bouge plus, ordonna-t-il d'une voix ferme.

Je n'avais jamais vécu de situation aussi érotique. Son désir transpirait dans sa voix.

Je voulais poser des questions, prendre les devants, être celle qui donnait des ordres, mais j'étais trop proche de jouir. J'obéis. Je posai les mains en haut de mes cuisses et acquiesçai.

— Je veux t'entendre, belle compagne. Je veux t'entendre crier ton plaisir.

Putain, aucun problème, pensai-je en écartant les jambes. Il passa son nez le long de l'intérieur de ma cuisse. Je retins ma respiration en attendant qu'il remonte, mais Blaise ne semblait pas pressé. Il continuait sa torture.

Il pressa les lèvres contre mon mont de Vénus, au-dessus de mon clitoris, et redescendit vers mes cuisses. Sa langue laissa une trace mouillée sur ma peau. Il me mordilla et me suçota, doucement puis plus fort, et je me cambrai bientôt pour venir à la rencontre de sa bouche. J'en voulais plus, mais il continuait à son rythme sans tenir compte de mon émoi.

Il prit mes grandes lèvres dans sa bouche et les aspira avant de les relâcher. Il commença ensuite à les mordiller, et je me mis à gémir tandis que son menton venait frotter ma fente. J'étais dans tous mes états. Je m'arquai vers lui pour en profiter autant que possible.

Blaise fit un mouvement en arrière et leva la tête pour croiser mon regard.

— Profite du moment, jolie compagne.

— S'il te plaît, Blaise, suppliai-je en plantant mes ongles dans mes cuisses. J'en veux plus. *S'il te plaît*. J'ai besoin de jouir.

Il baissa à nouveau la tête et caressa mon clitoris du bout de la langue, sans jamais vraiment le prendre en bouche. Alors que j'envisageais de l'étrangler, il poussa soudain sa langue en moi avec un grognement. Il me remplit et l'utilisa pour me baiser, puis la fit tourner tout en me tenant fermement par les hanches pour m'attirer davantage contre lui.

J'étais perdue. Ma tête retomba sur le lit. Je n'avais plus les forces de la tenir. J'essayai de garder un semblant de contrôle, de toutes mes forces, mais je me trouvais déjà sur la brèche, et j'étais en train de glisser...

Blaise releva la tête :

— Dis-moi, ma compagne ; c'est ce que je suis en train de te faire qui te rend folle, ou le fait que ce soit moi qui le fasse ?

Chapitre Six
CHYNA

L'arrogance de Blaise aurait dû me faire fuir, mais elle eut l'effet inverse. Elle raviva les flammes qui me brûlaient déjà. Je voulais l'attraper par les cheveux et le guider pour qu'il touche l'endroit où je voulais le sentir le plus, mais j'obéis et gardai mes paumes à leur place.

— N'arrête pas, s'il te plaît, suppliai-je en me léchant les lèvres.

J'entendis son rire rauque, puis sa langue fut de nouveau sur moi, plus intense. Il donna de grands coups de langue qui débutaient près de mon clitoris et s'achevaient là où je n'aurais jamais pensé laisser quelqu'un me toucher. L'expérience était plus sauvage et coquine que tout ce que je connaissais, mais je ne pouvais rien lui refuser. Pas alors que mon corps se tordait et se soumettait de lui-même.

Il se concentra sur mon clitoris, et je ressentis un nouveau déferlement de plaisir à la limite de la douleur. Il aspira mon bouton sensible dans sa bouche et l'effleura de ses dents avant de le taquiner avec sa langue. J'étais déjà tellement excitée que je ne pus retenir le cri perçant qui précéda mon orgasme. Il débuta dans mes orteils, qui se crispèrent douloureusement, et remonta le long de mon corps qui se raidit entièrement jusqu'à ce que la tension vienne exploser entre mes jambes. Un flot d'humidité inonda mes cuisses, et Blaise la lapa. La tête me tournait. La pièce devint floue tandis que je succombais à une extase sans pareille.

Les sensations se prolongèrent encore et encore. Je finis par enserrer la tête de Blaise entre mes genoux, pour qu'il cesse de me lécher au moins quelques secondes. C'était trop. Trop de sensations, trop de décharges électriques.

Je compris que j'avais coincé sa tête lorsqu'il desserra mes cuisses et croisa mon regard avec des yeux gourmands. J'avais les doigts enfoncés dans ses cheveux, et je les tirais trop fort. Je me forçai à ouvrir les mains et les laissai retomber sur le lit. Toute molle, un peu hébétée, je fixai les poutres en bois massif, très haut au-dessus de nous.

— Tu as le goût du brownie au chocolat vanille. C'est mon préféré, dit-il en venant s'allonger à côté de moi.

Il fit courir son regard le long de mon corps. Son érection massive reposait contre ma cuisse. Bon Dieu, elle semblait encore plus grosse qu'un moment auparavant. Je levai la main pour la toucher, mais il m'arrêta et secoua la tête.

— Pas encore. Si tu me touches maintenant, ça se terminera trop vite.

— C'était... bien mieux que je l'imaginais, dis-je en me mordant la lèvre.

Il se pencha pour m'embrasser et prit mon sein dans sa main. Il m'embrassa lentement, et je sentis mon goût sur sa langue. Lorsqu'il s'éloigna, il me regarda avec un air intense :

— Tu es la plus belle femelle que j'aie jamais vue. Tu me coupes le souffle.

Me sentant rougir, je baissai les yeux et capturai son membre entre mes mains tremblantes. Sa manière intense de me regarder me touchait plus profondément qu'elle n'aurait dû. Un coup d'un soir, ça signifiait *une seule nuit*, et certainement pas de sentiments. Alors, pourquoi ressentais-je tous ces trémolos dans la poitrine ? Parce que j'étais stupide, voilà pourquoi. Aucune autre raison. Bon, cet orgasme avait peut-être un rapport. Mais de toute manière, je devais oublier ces bêtises et me concentrer sur le moment présent. Et sur ce que j'avais en main.

— J'ai envie de toi, Blaise.

Un grondement monta de sa gorge. Il me fit rouler pour me placer au-dessus de lui. Je le chevauchai, son gros membre coincé entre nous pulsant contre mon entrejambe. Lorsqu'il remua les hanches, le mouvement stimula délicieusement mon clitoris. Je levai immédiatement la tête et posai les mains sur son torse pour accompagner son mouvement.

— C'est bien. Chevauche-moi, jolie compagne.

La délicieuse tension se réinstalla entre mes jambes tandis que je me balançais en me frottant contre lui. Concentrée pour atteindre un nouvel orgasme, je fus surprise lorsque Blaise nous retourna brusquement et me pénétra dans le même mouvement. Il m'emplit entièrement en un coup de reins, et je hurlai à pleins poumons. L'orgasme que j'avais senti approcher se transforma en quelque chose de plus primal, élémentaire, bien plus puissant que tout ce que je connaissais.

Je ressentis une douleur intense, vite remplacée par le plaisir de le sentir en moi, en train de m'emplir. Je m'accrochai à lui comme pour ne pas dériver en pleine mer, plantai mes ongles dans son dos en lui mordant l'épaule et restai agrippée ainsi. Il pressa son visage contre mon cou en grondant.

— Putain, ma belle, ça ne va pas durer longtemps.

Lorsque des points noirs apparurent devant mes yeux, je compris que j'avais cessé de respirer. Je pris une grande goulée d'air et serrai Blaise encore plus fort. Mon sexe n'en finissait plus de pulser, comme s'il était en compétition avec mon cœur pour savoir lequel serait le plus rapide.

Lorsque Blaise se retira lentement puis replongea en moi, je criai son nom. J'étais au septième ciel. Encore un coup de reins, puis un autre. Blaise accéléra le rythme, et se mit bientôt à me pilonner. Il me maintenait en place, une main fermement posée sur ma nuque, l'autre serrant ma cuisse entre ses doigts immenses.

Il leva la tête et croisa mon regard. Ses yeux lumineux trahissaient sa lutte pour garder le contrôle. Des veines dorées brillaient sous sa peau, qui semblait ondoyer d'un reflet rouge-vif, une teinte vive qui me rappela du verre soufflé.

Éblouissant. J'aurais aimé lui dire qu'il était l'être le plus incroyable que j'aie jamais vu, mais je ne pouvais rien faire à part ressentir cet orgasme interminable, plus puissant que tout ce que j'avais connu.

C'était trop. Sa barbe qui me chatouillait lorsqu'il m'embrassait, ses mains sur mon corps alors qu'il me pénétrait, les grognements qui accompagnaient ses coups de rein. À tout moment, je risquai de me briser en mille morceaux, de m'éparpiller dans l'univers, mais il continuait à me limer de plus en plus vite, de plus en plus fort. Il me tira doucement les cheveux pour me faire pencher la tête, et je sentis ses lèvres se refermer autour de mon cou. Puis ses dents.

Ce contact me déclencha une décharge de plaisir, comme un choc électrique. Après un dernier coup de reins, Blaise déversa toute sa semence en moi, et tapissa mes parois tout en plongeant ses dents dans ma chair. Je hurlai et griffai son dos. C'était exactement ce dont j'avais besoin. Lorsque la vague de ce nouvel orgasme déferla sur moi, je sus que je ne serais plus jamais la même. La tension accumulée entre mes jambes se libéra enfin, cédant comme un barrage, et je m'envolai sur un petit nuage tandis que mon intérieur pulsait, comme pour traire Blaise jusqu'à la dernière goutte.

J'avais le cerveau en compote.

Les préservatifs étaient toujours dans mon sac ?

Oups.

J'avais peur de tomber enceinte ?

Bah.

L'étrange dragon que j'avais suivi chez lui ouvrait lentement la bouche et léchait les gouttes de ce qui devait être mon sang sur ses lèvres ?

Peu importe.

J'étais zen. J'avais trouvé mon refuge intérieur.

Blaise était toujours en moi lorsque je perdis connaissance.

Chapitre Sept
CHYNA

Prends le large avant que la situation devienne gênante. Ce fut ma première pensée en me réveillant entre les bras de l'homme gigantesque qui renfermait aussi un dragon majestueux et impressionnant. Blaise gronda dans son sommeil, son torse puissant se soulevant à chaque grande inspiration. Son sexe toujours raide, fait assez incroyable, reposait contre ma fesse. Je sentis mon intérieur encore humide et lourd de sa semence. Je devais trouver une salle de bains, me nettoyer et me barrer de là. C'était peut-être ma première fois, mais je savais comment fonctionnaient les coups d'un soir ; on ne s'attardait pas le matin.

Pourtant... J'en avais envie. Je voulais rester blottie dans ses bras, si rassurants et confortables. Un tatouage décorait le bras posé sur moi. Des lignes et des courbes formant un motif tribal que j'aurais pu fixer pendant des heures. J'avais envie de rester en sécurité entre ses bras forts, puis le réveiller et recommencer ce que nous avions fait la nuit dernière. Mon entrejambe était irrité, mais j'étais à nouveau excitée. Énormément.

Mais je devais mettre les voiles. Je ne comptais pas passer pour une fille désespérée et collante devant les amis de Cezar. J'avais accompli ma mission. J'avais perdu ma virginité, et je pouvais être fière de moi. J'avais passé une étape importante. Tout était pour le mieux. Vraiment.

À contrecœur, je soulevai le bras aussi lourd qu'un tronc d'arbre qui me maintenait collée au matelas et me glissai hors du lit, à la recherche de mes vêtements. Je ne remarquai qu'à cet instant que la pièce était un vrai dépotoir. Des piles de vêtements neufs m'arrivant à la taille étaient parsemées un peu partout. Des t-shirts, des jeans, des chaussettes. Ils portaient toujours les étiquettes. Ce n'était pas tout. Il y avait aussi des tas de linge sale, de grands sacs poubelle emplis de vêtements, et une couche de poussière de plusieurs centimètres. Je traversai lentement la chambre en évitant des piles diverses et en repoussant des boîtes de pizza vides (*Bon sang, il n'avait jamais entendu parler de femmes de ménage ?*). Incroyablement, je retrouvai toutes mes affaires ainsi que mes deux chaussures.

Blaise était couché sur le ventre. Sur son dos, je pouvais distinguer les marques des griffures que je lui avais infligées quelques heures plus tôt. Mais elles avaient été bien plus profondes ; il avait cicatrisé à la vitesse de l'éclair. Ces marques semblaient avoir plusieurs semaines. Inexplicablement, j'eus envie de les refaire saigner. Je perdais la boule.

Je me faufilai hors de la chambre avec mes vêtements en boule dans les bras pour ne pas réveiller Blaise. Je pensais avoir davantage de place pour m'habiller dans le couloir, mais je me trompais. Le reste de la maison de Blaise était dans le même état de saleté et de chaos que sa chambre. On aurait pu croire qu'un ouragan était passé par ici. Dès que je fus habillée, je sortis dehors et appelai Cherry.

— Bien le bonjour, traînée, me salua-t-elle gaiement.

— Ce n'est pas le moment, répliquai-je. J'ai besoin que tu viennes me chercher. Je dois m'en aller d'ici, mais je ne sais pas bien où je me trouve.

— Chyna, tout va bien ? demanda-t-elle après un silence. Est-ce que Blaise t'a fait du mal ?

— Non ! Mais je ne veux pas être encore ici lorsqu'il se réveillera. Je préférerais éviter de me faire jeter, si tu vois ce que je veux dire.

— Tu es sûre ? Je ne pense pas qu'il t'aurait emmenée dans son château s'il ne voulait pas passer le lendemain matin avec toi. Ou tous les autres matins, d'ailleurs.

— Cherry, s'il te plaît. Tu veux bien envoyer ton dragon venir me chercher ?

— Hors de question. Je ne te laisserai pas monter sur *mon* dragon. Trouve-toi le tien. En fait, retourne à l'intérieur et va retrouver le tien.

— Tu n'es pas ma sœur.

— Nous sommes jumelles.

— Ouais, laisse tomber. Viens me chercher, je t'en supplie, Cherry. Dépêche-toi.

Je commençais à paniquer. J'étais perturbée par tout ce qui s'était passé la nuit dernière. J'avais l'impression de sentir mon attachement pour Blaise grandir de minute en minute. Pourtant, ce n'était pas ce que je désirais. Toute la situation me mettait vraiment mal à l'aise.

— On va venir te chercher avec le bateau de Cezar. Il a un *gros* bateau, dit Cherry.

Vu le ton de sa voix, elle en profitait probablement pour lancer un regard lourd de sous-entendus à Cezar.

— Faites vite, d'accord ? demandai-je en levant les yeux au ciel.

— Très bien, mais tu me revaudras ça, soupira-t-elle avant de raccrocher.

Je me passai la main sur le visage. Mon mascara avait coulé et formé des pâtés. Je clignai des yeux et frottai mes paupières pour essayer d'arranger le désastre.

La vue depuis le dock de Blaise était spectaculaire. De hauts cyprès entouraient le marais, dont les branches les plus lourdes balayaient l'eau trouble. Même si la surface était totalement immobile, je savais que de nombreuses créatures vivaient en-dessous.

Comme pour confirmer mes pensées, un sifflement aigu résonna non loin et me fit sursauter. Je savais pas mal de choses sur la faune de la Louisiane. Assez pour ne prendre aucun risque. Je reculai de quelques pas en direction de la maison ; ou du château, puisque d'après ma sœur, c'était ainsi que les dragons appelaient leurs habitations.

Je m'appuyai contre un mur non achevé du château de Blaise en attendant ma sœur et Cezar. Je devais lutter contre mon envie de retourner me blottir contre Blaise, qui s'intensifiait un peu plus à chaque seconde.

La nuit précédente avait été bien plus incroyable que je ne l'espérais. Je comprenais mieux pourquoi tout le monde aimait le sexe. Apparemment, j'avais juste besoin de rencontrer la bonne personne ; ou le bon dragon... Une partie de moi mourait d'envie de passer la matinée avec Blaise. À cette pensée, je fus envahie de pensées tendres. Pouah. Cette partie de moi était vraiment stupide. Je ne pouvais pas lui faire confiance.

Lorsqu'un bateau apparut enfin à l'entrée du marais vers le dock, la débile en moi avait presque réussi à convaincre la part de moi qui souhaitait prendre la poudre d'escampette de retourner me coucher et de voir ce qui se passerait. Je m'approchai en courant du bord de l'eau en direction de Cherry et Cezar. Ils avaient presque atteint la berge lorsque je sautai dans leur embarcation. Elle tangua dangereusement, mais ne se renversa pas.

— Quel est le problème ? demanda Cezar en fronçant les sourcils. Le comportement de Blaise t'a-t-il déplu ?

Je me sentis rougir jusqu'aux oreilles. Ce qu'il m'avait fait m'avait beaucoup plu.

— Hum..., marmonnai-je.

— Ouah, je reconnais ce regard. Elle n'a pas encore atterri, dit Cherry à Cezar en souriant. Je me suis retrouvée dans cet état quelques fois.

— Seulement quelques fois ? demanda Cezar avec une grimace.

— Vous voulez bien arrêter, tous les deux ? m'exclamai-je en tapant sur le bras de Cherry. Blaise a été super. Je veux juste rentrer chez moi. J'ai... du travail.

— Tu es certaine de vouloir t'en aller ? demanda Cezar en fixant mon cou, les yeux écarquillés.

Je passai la main sur la zone qu'il regardait, et me souvins que Blaise m'avait mordue.

— Quoi ? Qu'y a-t-il ?

Il fit un signe de tête à Cherry en direction de mon cou.

— Oh mon Dieu ! Il t'a marquée ! s'écria-t-elle.

— Si tu continues à crier, tu vas le réveiller et on ne pourra pas partir sans se faire remarquer, alors ferme-la, grinçai-je. Allez, filons d'ici. Plus un mot. S'il te plaît.

Ils ne parvinrent pas à garder le silence plus d'une minute.

— Pourquoi t'en vas-tu, s'il t'a marquée ?

— Je ne suis pas forcée de passer ma vie avec un type juste parce qu'il m'a fait un suçon, rétorquai-je à ma sœur.

— Un suçon ? répéta Cezar en fronçant les sourcils.

— Une marque de succion, expliqua tendrement Cherry à son compagnon. Ça ressemble un peu à une morsure, en moins fort. Ce n'est *pas* une marque d'appartenance, en tout cas.

— De quoi parlez-vous ? demandai-je en me retournant en arrière.

Je pouvais encore distinguer les contours du château de Blaise. Pourquoi ma poitrine me faisait-elle mal ?

— Bah, laissez tomber. Je veux oublier toute cette histoire !

— Blaise va me faire rôtir, soupira Cezar.

— Chyna, il t'a *marquée*. Ça veut dire que tu es sa compagne. Comme son épouse, mais en plus fort. Vous serez ensemble toute votre vie, pendant des siècles, et vous serez connectés télépathiquement. Des compagnons. Comme Cezar et moi.

L'idiote en moi voulait sauter de joie, mais je la fis taire.

— Non. Impossible.

— Si, insista Cherry en venant s'asseoir près de moi. Oh, Chyna, j'étais si inquiète. Je croyais que je te perdrais dans quelques années. Que je devrais vivre des milliers d'années sans toi. Je faisais des cauchemars dans lesquels je restais jeune pendant que tu vieillissais et tombais malade.

— Quel optimisme.

— Je suis sérieuse. Les compagnes des dragons vivent aussi longtemps qu'eux. Et ces dragons ont des centaines d'années, Chyna. Je redoutais de me retrouver seule sans toi.

Cezar souffla, et elle lui fit un grand sourire.

— Tu aurais été là pour me réconforter, bien sûr, mon compagnon.

— Holà, calme ton char, sœurette. Blaise n'est pas mon compagnon.

— Bien sûr que si. La marque dans ton cou le prouve. Et vu les traces, je suspecte qu'il a perdu le contrôle. Son dragon ne t'a pas manquée, déclara Cezar en pointant mon cou.

— Non.

— Si ! cria Cherry en applaudissant avec un air satisfait. Je me demande à quoi ressemblera le monde dans un siècle. J'espère qu'on aura une meilleure connexion Internet au château.

Je fus parcourue d'un frisson. J'avais essayé de faire avancer ma vie en me jetant tête la première dans la nouveauté, mais j'avais rencontré un écueil. Et j'avais beau lutter contre le courant de toutes mes forces pour regagner la terre ferme, je continuais à me noyer.

Chapitre Huit
BLAISE

Je ressentis la douleur du manque avant de me réveiller complètement. Quelque chose n'allait pas. Je roulai sur le côté pour retrouver ma compagne, mais je ne le sentis nulle part. Elle n'était plus là. Mon dragon laissa échapper un rugissement terrible. Je sautai sur mes pieds et traversai mon château au pas de course, toujours nu. Elle était partie. Quelqu'un l'avait enlevée.

Je sentis l'air, et fus choqué en reconnaissant l'odeur de Cezar et de sa compagne.

Tu vas payer.

Le rire de Cezar résonna dans ma tête. Je me retins de réduire le mur à côté de moi en miettes. *Elle a appelé ma compagne et nous a demandé de venir la chercher. Tu as besoin de conseils pour satisfaire ta femelle, mon frère ?*

J'explosai. Je pris ma forme de dragon et pris mon envol. J'allais trouver Cezar et le provoquer en duel.

Les pensées de Cherry se glissèrent dans mon esprit échauffé. *Ce n'est pas la faute de Cezar. Ma sœur ignore que vous êtes liés. Tu aurais dû le lui expliquer. Tu vas devoir la convaincre.*

Si j'avais trouvé les intrusions mentales de Cherry divertissantes jusqu'à présent, comme lorsqu'elle taquinait Cezar, à cet instant, elle me mit hors de moi. *Elle est ma compagne. Elle devrait déjà le savoir. Pourquoi devrais-je la courtiser ?*

Ce n'est pas toujours si simple, soupira Cherry dans ma tête.

Si, c'est très simple. Dragon trouver compagne. Compagne accepter dragon. La fin.

Fais attention, gronda Cezar. *Reste correct avec ma compagne, sinon je vais finir par accepter ta provocation en duel.*

Je fermai mon esprit et montai plus haut dans le ciel. Je savais que je devais leur parler pour comprendre ce qui se passait, mais je craignais d'attaquer Cezar si je ne me calmais pas. Il avait aidé ma compagne à me quitter.

Pourquoi avait-elle souhaité me quitter ? Je lui avais donné du plaisir la nuit dernière. Elle avait eu plusieurs orgasmes et avait bruyamment manifesté sa satisfaction. Je ne comprenais pas les raisons de son départ.

Cezar nous rebattait souvent les oreilles sur les humaines du nouveau monde, mais ces femelles n'étaient pas si différentes des dragonnes de l'ancien monde. Elles devaient ressentir l'appel de leur compagnon. Il devait être aussi puissant, aussi implacable. Il devait tout changer. Ma propre mère avait laissé ses parents et toute sa famille sur-le-champ pour retrouver mon père. Elle était tombée enceinte de mon frère et moi un mois après s'être installée dans le château de mon père.

Tout aurait dû être aussi simple. Les compagnons étaient faits pour être ensemble. Or, Cherry et Cezar étaient en train de me dire que moi, un guerrier valeureux, un roi, je devais lui faire la cour comme le dernier des couards. Hors de question !

Je pris encore de l'altitude. L'air se raréfiait à cette hauteur, mais je montai plus haut pour confronter mon feu à l'air glacial. Je regardais rarement la terre lorsque je volais si haut. D'ici, je pouvais presque prétendre que je survolais l'ancien monde.

Tout avait été plus simple alors, dans mon royaume. Chacun avait son rôle et le remplissait sans réfléchir. Sans se poser de questions.

C'est différent pour une humaine, Blaise. Beast et moi avons dû séduire nos compagnes. Tu dois lui prouver que tu es digne d'elle, et qu'elle peut t'ouvrir son cœur.

Je grognai à l'attention de Cezar. Je ne voulais pas entendre son avis. Je savais que lui et Beast avaient dû faire des pieds et des mains pour conquérir leurs partenaires, mais ils étaient faibles ; ils n'appartenaient pas à la lignée des dragons écarlates. Mon père m'avait souvent parlé de leur royaume. Il disait toujours qu'ils n'étaient pas de vrais guerriers. Mon père avait beau avoir disparu depuis plus d'un siècle, sa voix éraillée résonnait encore dans ma tête. Cezar était mon ami, et j'essayais de ne pas laisser ce jugement teinter mon regard ; mais je refusais de suivre les conseils d'un dragon faible et soumis lorsqu'il s'agissait de ma compagne.

Enfin, en tous cas, je ne voulais pas un conseil de plus. Quel veine d'avoir rencontré ma compagne en suivant son idée, en passant du temps dans des lieux fréquentés par des humaines.

Des heures passèrent avant que je sois suffisamment calme pour descendre et voler un peu plus bas. J'étais toujours furieux, mais si je creusais un peu sous la colère, je ressentais surtout de la douleur, et c'était probablement la raison pour laquelle je refusais de décolérer. Ma compagne avait choisi de me quitter. Elle aurait dû rester à mes côtés, quoi qu'en disent Cherry et Cezar.

Je pensai à mes parents. Remy et moi avions grandi dans leur palais. Nous avions été entourés de servants, d'assistants, de nourrices et de bonnes, mais le seul couple que j'avais connu était celui formé par mes parents. Leur relation... Le souvenir me serrait les tripes. Je ne voulais pas du tout la même relation avec Chyna.

Si Chyna et moi étions condamnés à finir comme mes parents, peut-être valait-il mieux la laisser partir, pensai-je honteusement. Peut-être étions mieux l'un sans l'autre.

Mais mon cœur refusait de l'accepter. Je n'étais pas mon père. Je ne me comporterais pas de la même manière avec ma compagne. Je ne reproduirais pas les même erreurs.

Ce nouveau monde était bien plus luxuriant que notre ancien univers. Tout était recouvert d'une dense végétation, comme là où nous avions élu domicile, dans les marais. Dans l'ancien monde, les endroits entourés d'eau n'étaient jamais aussi verts. Le nouveau monde était bien différent de mon chez moi.

Accepter la disparition de l'ancien monde était difficile, même après un siècle. Remy et moi y étions des rois — comme chacun d'entre nous. Des rois, dans leurs royaumes. Dans le nouveau monde, nous devions garder nos véritables natures secrètes. Ça ne me convenait pas.

Rattrapé par la mauvaise humeur, je repris de l'altitude et crachai une série de flammèches en grondant.

Je voulais ma reine. Elle était mienne. Son destin était d'être à mes côtés. La tournure que prenaient les choses me rendait amer. La voix de mon père résonna à nouveau, et je battis des ailes plus fort pour essayer de la semer.

Chyna était parfaite sur tous les plans. À part peut-être qu'elle était têtue... Enfin, il me semblait ; nous avions à peine échangé deux mots. Je ne savais pas quelle genre de personne elle était en dehors de la chambre à coucher. Au fond, peu m'importait. Elle était ma compagne.

Je brûlais d'être près d'elle. Même si j'avais été d'accord avec l'approche de Cezar, mon dragon et moi avions attendu notre compagne pendant des siècles. Je n'avais plus la patience d'attendre maintenant que je savais qui elle était. Puisqu'elle ne venait pas, j'allais venir à sa rencontre.

Chapitre Neuf
CHYNA

Je restai déprimée tout le reste de la journée. J'avais sauté dans la douche en rentrant chez moi pour effacer toute trace de Blaise, mais je le sentais encore en moi. Et j'avais aussi l'impression de ressentir son agacement, son humeur sombre et colérique planer au-dessus de ma tête, comme une présence autoritaire et désapprobatrice. La marque dans mon cou me picotait ; la seule trace que je ne pouvais pas effacer avec du savon...

Je doutais de parvenir à me concentrer, mais j'étais quand même sortie dans le bayou pour essayer de travailler. J'avais établi quelques lieux de recherches autour de chez moi que je devais vérifier régulièrement.

J'avais parcouru le monde, mais mon cœur appartenait aux bayous de Louisiane, et pas seulement parce que j'y avais grandi. À mon sens, les régions humides du sud profond étaient un des endroits les plus incroyables au monde. Je me sentais plus à l'aise dans le bayou que l'étaient la plupart des gens dans leur salon.

J'étais en phase d'expérimentation. J'essayais de faire pousser plusieurs espèces pour déterminer lesquelles s'acclimataient le mieux au climat de la région. Mon objectif final était de proposer un nouveau champ d'exploitation pour les habitants du coin, auprès desquels j'avais grandi. C'était un projet que je gardais pour moi. Je passais la plupart de mon temps à voyager à travers le pays, et le monde, pour faire pousser différentes espèces ou pour étudier la flore de différentes régions et climats. Je possédais un diplôme en horticulture, et collaborais régulièrement avec d'autres horticulteurs, botanistes et chercheurs réputés avec des titres à rallonge ; mais aucun n'avait ma main verte. Mes collègues me félicitaient régulièrement, et disaient en plaisantant que je pouvais faire pousser des nénuphars dans un désert.

Je n'arrivais pas à comprendre quel animal détruisait régulièrement les plantations situées le plus loin de chez moi. Chaque fois que je retournais contrôler la zone, je trouvais la porte du petit abri ouverte. La terre était retournée, et les grains n'avaient eu aucune chance de germer.

Avant de finir ma journée et de rentrer me mettre au lit, je décidai de repasser y faire un tour, et de me munir de ma lanterne. Il m'arrivait souvent de perdre la notion du temps et de me faire surprendre par la nuit. L'obscurité commençait déjà à tomber, et il ferait nuit noire lorsque je prendrais le chemin de chez moi. Autant ne pas risquer de marcher sur un alligator et rentrer en sécurité.

À tâtons, je sortis la boîte d'allumettes près de la lanterne et en craquai une. Je réalisai mon erreur au même instant. La lanterne était remplie de liquide, ce qui n'était pas normal. L'huile avait-elle coulé ? Je compris trop tard que le liquide n'était pas du kérosène, mais de l'essence. Comment avais-je pu ne pas remarquer l'odeur ? J'étais trop occupée à essayer de ne pas penser à Blaise, voilà comment.

Ce qui arriva ensuite était digne d'une scène de *Destination Finale*. Je crus que le moment était venu pour moi de rencontrer la Grande Faucheuse. Je lâchai la lanterne qui retomba lourdement sur l'étagère en tournant sur elle-même. Je crus un instant qu'elle allait se stabiliser, mais elle tomba en avant et s'écrasa au sol. Dans ma main, l'allumette brûlait toujours tandis que je regardais la lanterne se fracasser par terre avec horreur. Lorsque les flammes léchèrent mes doigts, je sursautai et lâchai l'allumette.

L'explosion fut assez puissante pour me projeter en arrière. Je tombai sur les bris de verre et poussai un cri perçant en sentant un tesson percer ma botte et se planter dans la plante de mon pied. C'était très douloureux, et la blessure devait être profonde, mais mon souci immédiat était d'empêcher le feu de continuer de se répandre. Les flammes prenaient de l'ampleur, trop vite. Même dans mon état de panique, je constatai que cet incendie ne se comportait pas de manière normale. Comment avais-je fait pour ne pas sentir l'odeur de toute cette essence ?

Le cabanon était une baraque de bois, le genre de construction qui pouvait partir en fumée en quelques minutes. Je me retrouvai encerclée par les flammes avant de pouvoir sortir.

Le cœur battant à cent à l'heure, je tentai de respirer à travers la fumée et les relents d'essence. Je m'allongeai contre la terre et rampai jusqu'à la porte. Ce n'était pas très loin — un mètre tout au plus. Je pouvais y arriver, même avec la douleur lancinante dans mon pied. Je m'en sortirais vivante, tant que je continuais à respirer et que j'arrivais à sortir. Mais un instant avant que je l'atteigne, les flammes gagnèrent la porte et l'engloutirent.

Je réfléchis à d'autres stratégies de fuite ; je m'étais déjà retrouvée dans des situations d'urgence, et je n'étais pas du genre à me laisser gagner par la panique. Mais la petite pièce était de plus en plus chaude. J'étais enfermée dans un brasier. J'avais l'impression que mon visage était en train de rôtir, et la fumée rendait l'air si épais que des larmes roulaient en flot continu sur mes joues.

Je pris une inspiration aussi grosse que possible et criai à pleins poumons en espérant que quelqu'un m'entendrait. Comment les choses avaient-elles dégénéré si vite ? En seulement quelques secondes, tout s'était mis à brûler autour de moi.

Les graines étaient plantées dans le coin de la cabane, directement dans la terre humide. Je rampai jusqu'à la zone et plongeai les doigts dans la terre fraîche. La sensation fut un soulagement au milieu de toute cette chaleur. Avec l'énergie du désespoir, je pris de pleines poignées de boue et les étalai sur mon visage brûlant et mes cheveux. Puisque je ne pouvais pas passer par la porte en flammes, je décidai de m'enterrer dans la terre. Je continuai de creuser en sanglotant, sentant les flammes lécher ma peau.

Même dans une situation pareille, je savais que je n'allais pas mourir. Par la suite, je réaliserais à quel point cette conviction était insolite, mais sur le moment, entourée par l'incendie, je pensais sincèrement que je pourrais survivre en m'enterrant dans la terre et en attendant que l'incendie finisse de consumer la cabane. L'idée de frôler la mort ne me vint pas. Je ne pensais pas non plus à la douleur. Je pleurais en enterrant mes pieds dans la terre, et le morceau de verre entra plus profondément dans mon pied. Pourtant, je savais que tout finirait bien.

Et ce fut le cas. La marque dans mon cou se mit à chauffer plus fort que le feu qui m'entourait. Blaise. De l'air frais remplaça soudain la fumée qui m'étouffait. La cabane en train de brûler se souleva dans les airs et disparut, puis atterrit une trentaine de mètres plus loin et s'enfonça lentement dans l'eau noire.

Blaise, sous sa forme d'immense dragon rouge, planait au-dessus de moi, un regard de panique extrême sur ses traits reptiliens. Il rejeta la tête en arrière et poussa un rugissement qui fit trembler le sol.

J'étais si soulagée de pouvoir à nouveau respirer que j'en oubliais ma douleur. Je sortis de la boue et tentai de me relever.

— T-tu m'a sauvée, balbutiai-je.

Blaise se transforma sous mes yeux. Cette vision me fit tourner la tête.

— Non, non, non, non. Chyna ! Oh, Chyna. Reste avec moi. Reste avec moi, jolie compagne.

Il me prit dans ses bras. Dès que je fus blottie contre lui, tout sembla rentré dans l'ordre. Son corps massif était doux et frais contre le mien. Je savais qu'il allait prendre soin de moi. Je pouvais cesser de m'inquiéter.

— Je dois t'emmener chez un guérisseur d'humains. Un docteur. Où puis-je en trouver un ? demanda-t-il d'une voix complètement paniquée.

— Je vais bien, Blaise. J'ai juste besoin d'une douche, et sûrement de quelques pansements.

— Un hôpital ! Par les flammes, comment expliquez-vous qu'aucun de nous sache où trouver un putain d'hôpital ?! continua-t-il sans m'entendre.

— Blaise, tout va bien, répétai-je en posant ma tête contre son épaule fraîche. Ramène-moi juste à la maison et rince-moi avec de l'eau fraîche, et ça ira.

En disant ces mots, je compris que je devais probablement être en état de choc. *Ramène-moi à la maison et rince-moi ?* Je perdais la tête. Aller à l'hôpital était peut-être une bonne idée. Enfin, peut-être... L'épaule de Blaise était plus confortable que n'importe quel oreiller. Je me sentis lentement glisser vers le sommeil.

Bah, très bien.

Chapitre Dix
CHYNA

Je ne savais pas où blaise m'avait emmenée, mais j'avais envie de les poursuivre en justice. Une douleur intense me réveillait, et je reperdais connaissance. Chaque fois, je regagnais un peu plus conscience. Assez pour savoir que ma sœur était là et qu'elle était vraiment bruyante pour une bibliothécaire. Elle s'époumonait et hurlait des choses incohérentes. Je notai mentalement de lui rappeler de parler moins fort, dès que je retrouverais ma voix. Lorsqu'on retira ma botte, je criai et reperdis connaissance. À mon réveil quelques heures plus tard, c'était ce dont je me souvenais le mieux : la douleur ressentie lorsqu'on avait enlevé ma chaussure en entraînant le morceau de verre.

Tout mon corps me faisait mal, même des parties dont j'ignorais jusqu'alors l'existence, des parties qui n'auraient pas dû être douloureuses. J'avais l'impression qu'on m'avait frottée contre une râpe à fromage. Étais-je couverte de cloques ? Je n'avais jamais été très portée sur l'apparence, mais la question commença à me tarauder et à me nouer le ventre.

Je mis un moment avant d'ouvrir les yeux. J'étais épuisée. Lorsque je parvins à soulever mes paupières, mes yeux me parurent aussi à vif que le reste de mon corps, sinon plus. La première chose que je vis fut la silhouette de Blaise assis près de moi, les coudes posés sur le bord du lit. De *son* lit. J'étais dans sa chambre, dans son château. Dans son lit. Sa tête était penchée en avant, ses épaules basses. Il me parut plus vieux que la dernière fois que je l'avais vu. Il semblait épuisé, lui aussi.

Comme s'il avait senti mon regard, il se redressa en sursautant. Lorsqu'il remarqua que j'étais réveillée, il se pencha et embrassa mon front d'un geste maladroit. Je sentis une humidité sur ma joue, mais avant que je puisse déterminer s'il était vraiment en train de pleurer, il s'était déjà relevé et était sorti de la chambre.

Ma sœur apparut sur le pas de la porte, les yeux gonflés et rougis.

— Bon sang, je me suis fait un sang d'encre ! Que faisais-tu là-bas ? Que s'est-il passé ? Bon Dieu, Chyna. Tu as failli y rester.

Elle me prit dans ses bras et se mit à sangloter. Je retins ma respiration, prenant conscience de ce qui m'était vraiment arrivé. J'avais failli mourir. J'avais soudain l'impression qu'un éléphant était venu s'installer sur ma poitrine et m'empêchait de respirer. Je n'avais encore jamais pensé à la mort. Je savais que ça m'arriverait un jour, évidemment, mais je ne l'avais jamais frôlée de si près.

— Petite compagne, je crois que tu lui fais mal, dit doucement Cezar en tirant Cherry en arrière. Elle doit être courbaturée.

Je secouai la tête et tendis les bras vers ma sœur, ignorant ma douleur. Elle se reprécipita dans mes bras. Elle me faisait effectivement mal, mais j'avais besoin d'un peu de réconfort.

— Ne me fais plus jamais une peur pareille. Au moment où je pensais enfin que je ne pouvais plus te perdre, tu manques de casser ta pipe ! s'exclama ma sœur en me caressant la tête. Tu as de la boue dans les cheveux, remarqua-t-elle.

— Je n'ai pas réussi à tout enlever, dit Blaise depuis le coin de la pièce d'une voix d'outre-tombe. Je réessaierai quand elle sera un peu reposée.

Je lâchai Cherry et tentai de me redresser, mais en un éclair, Blaise fut à côté de moi et me fit me rallonger.

— Tu n'es pas encore en état de te lever, dit-il.

J'ouvris la bouche. Ma gorge était sèche comme du parchemin, et brûlante.

— Je veux m'asseoir, parvins-je à croasser.

Il me dévisagea avec un regard dur et secoua la tête.

— Tu dois te reposer et dormir. Cezar et ta sœur vont s'en aller, dit-il.

— Quoi ? s'exclama Cherry. Je n'ai jamais dit...

— Laissons-leur un peu de temps, petite compagne, la coupa Cezar. Ta sœur a besoin de repos. Et son compagnon a besoin d'un peu de temps pour se reprendre, ajouta-t-il avec un regard en direction de Blaise.

J'observai Blaise. Ses lèvres étaient serrées. Son expression irradiait la tension et le stress, comme s'il ne gardait son calme qu'à grand-peine.

— Blaise.

Ma voix n'était qu'un murmure, mais Blaise se tourna vers moi. Il croisa mon regard et poussa un long soupir en se passant la main sur le visage.

— Je vous préviendrai dès qu'elle se réveille, dit-il sans relever la tête.

Cherry s'approcha et déposa un baiser sur mon front.

— Je t'aime, repose-toi, dit-elle à voix haute, avant de me murmurer à l'oreille : Au moins je sais que tu es entre de bonnes mains. Il ne t'a pas quittée une seule seconde.

Son commentaire me donna envie de lui poser des questions, mais j'étais déjà en train de me rendormir. J'eus beau lutter, j'étais incapable de résister au sommeil. Blaise avait raison ; j'avais besoin de repos.

Je me réveillai brièvement quelques fois au cours de la nuit. Blaise était toujours installé à mes côtés, prêt à répondre au moindre besoin. Deux fois, il m'aida à me lever pour aller aux toilettes. Une fois, il retint mes cheveux lorsque je me réveillai en sursaut et vomis sur le lit. J'avais rêvé de l'incendie. Dans mon cauchemar, j'y restais. Ensuite, il m'avait portée jusqu'à la baignoire et m'avait rincée avec de l'eau fraîche jusqu'à ce que je sois propre.

Je n'étais pas vraiment en état d'en profiter. Chaque fois, je me rendormais rapidement et profondément. Je ne savais pas ce qui était réel et ce qui était une création de mon esprit fiévreux.

Au matin, je me sentais mieux. J'étais toujours courbaturée, mais en meilleure forme. Je ne menaçais plus de perdre connaissance, et ma tête était plus légère.

Je savais que je me trouvais dans le château de Blaise. L'endroit que j'avais cherché à fuir, auprès de l'homme que j'avais voulu quitter. Le dragon qui m'avait sauvée de la mort. L'homme qui avait passé la nuit entière à prendre soin de moi.

— Tu es réveillée.

Je tournai la tête et découvris Blaise assis devant la grande fenêtre donnant sur le marais. La vue était sublime. Quelques grues passaient parmi les cyprès, contribuant à créer un jeu d'ombres onirique ; mais le clou du spectacle était l'homme assis dans le fauteuil. Ma gorge se serra en l'étudiant.

Éclairé par-derrière, la lumière formait un halo doré autour de sa chevelure rousse. Son visage était dans l'ombre, mais la fatigue sur ses traits était évidente.

L'idiote en moi eut des papillons dans le ventre en le regardant.

— Tu m'as sauvée, dis-je.

— Tu es partie, assena-t-il en se levant et en s'approchant. Et tu as failli mourir.

J'acquiesçai. Pas la peine de le contredire lorsqu'il manifestait une telle mauvaise humeur. Il n'avait pas tort ; j'étais bien partie, puis accidentellement failli me tuer. Il avait raison. Mais il semblait croire que ça avait été volontaire, et il avait l'air de m'en vouloir.

— Raconte-moi ce qui s'est passé. J'ai senti de l'essence et d'autres produits en arrivant sur la zone, dit-il en s'asseyant à côté de moi, faisant ployer le matelas. C'est toi qui as fait ça ?

— *Non* ! Bien sûr que non. Pourquoi ferais-je une chose pareille ?

— Pourquoi m'as-tu quitté ?

Me disputer avec lui alors que j'étais allongée ne m'aiderait pas à être en position de force ; je tentai de m'asseoir. Lorsque je poussai contre le lit pour me redresser, la douleur dans mon pied droit fut si intense que je vis flou un instant. Je poussai un petit cri et repliai instinctivement ma jambe pour la soulager.

— Fais attention ! gronda Blaise en attrapant ma jambe.

— Je ne cherche pas à me faire mal !

— C'est ta grâce naturelle, alors ?

La moutarde me monta au nez.

— Va-t'en.

— Je suis chez moi.

— Alors, c'est moi qui m'en vais.

Je retentai de m'asseoir, et y étais presque parvenue lorsque la grande main de Blaise se posa contre ma poitrine et me repoussa en arrière. Son contact était ferme mais très doux, comme une caresse.

— Tu resteras cette fois, que ça te plaise ou non.

Je grognai. À ma grande surprise, il me répondit lui aussi par un grognement ; mais le sien était bien plus puissant, et fit trembler les murs. Vaincue, je me réinstallai contre les oreillers.

— Je suppose que je vais rester un peu plus longtemps, dis-je en poussant un soupir d'aise.

Chapitre Onze
BLAISE

Je ne m'étais pas remis de mon choc. J'entendais encore les cris de Chyna, enfermée au milieu des flammes et de la fumée. Lorsque j'avais compris ce qui se passait, j'avais ressenti une terreur sans pareille ; le moment le plus effrayant de toute mon existence. J'avais connu plus d'une situation difficile, dont la plupart aurait brisé un dragon plus faible, mais avoir craint de perdre Chyna les surpassait tous, et de loin. Mes mains tremblaient encore légèrement, et mon cœur battait la chamade, hors de contrôle.

En moi, mon dragon faisait les cent pas comme un animal en cage.

Elle était si petite et fragile. Un petit tas contre le sol, recouvert de boue. En la découvrant ainsi, j'avais cru un instant que sa peau avait brûlé. Elle était aussi faible qu'un nouveau-né, mais elle trouvait déjà l'énergie de se disputer avec moi. Encore une manifestation de son caractère borné. Mais c'était cette ténacité qui lui conférait autant de force, et je commençais à adorer ce trait de caractère chez elle.

J'observai ma compagne enfouie sous un tas de couvertures. Ses blessures auraient pu être beaucoup plus sérieuses. Sa peau était rougie et irritée, comme si elle avait attrapé un coup de soleil. Le plus grave était son pied. Je savais qu'elle se remettrait, mais en convaincre mon dragon était plus difficile. Il demandait réparation. Si ce n'était pas

Chyna qui avait renversé de l'essence dans la cabane, quelqu'un d'autre l'avait fait. Elle avait failli mourir, et quelqu'un devait payer.

— Il faut que tu manges. Je vais te préparer un petit-déjeuner, dis-je en sortant de la pièce à contre-cœur.

Je trouvai dans la cuisine des ingrédients semblant constituer un repas correct. La cuisine n'était pas mon for. Ni le ménage. La vaisselle s'empilait dans l'évier. En général, je finissais par la jeter et rachetais des assiettes et des couverts neufs. Comme pour les vêtements.

Mais lorsqu'elle serait guérie, ma compagne cuisinerait désormais pour moi. D'ici-là, elle devrait se contenter de ce que j'arriverais à préparer, donc pas grand-chose. Un œuf, des toasts brûlés et quelques saucisses rôties à la flamme de dragon.

Lorsque je revins dans la chambre, Chyna était assise dans le lit et me dévisageait, les sourcils froncés.

— Quoi maintenant ? demandai-je en déposant le plateau devant elle.

— Je veux rentrer chez moi.

Je tentai de réprimer ma colère. Je pouvais prendre soin d'elle ; c'était même mon rôle. Je n'arriverais jamais à calmer mon dragon si je n'étais pas près d'elle pour m'assurer qu'elle allait bien.

— Tu es chez toi. C'est ton foyer, maintenant.

— Non, non, non, s'exclama-t-elle en écarquillant les yeux. Chez moi, c'est *chez moi*. Ici, c'est chez toi, et je préfère ne pas y rester trop de jours d'affilée.

— Tu habites ici à présent. Avec moi. Nous déménagerons tes affaires dès que tu seras remise. Ou si tu préfères, on peut te racheter des choses.

— Je dois rêver. C'est complètement dingue. On n'a passé qu'une nuit ensemble. Une nuit fantastique, d'accord. Et même si j'apprécie énormément que tu m'aies sauvé la vie, je ne te dois rien pour autant. Tu ne peux pas me garder ici contre ma volonté. Appelle ma sœur. Je veux rentrer chez moi. *Tout de suite*, dit Chyna en repoussant le plateau et en sortant sa bonne jambe du lit pour essayer de se lever.

Je la rattrapai facilement avant qu'elle ne puisse se lever et l'assis sur mes genoux.

— Arrête. Tu ne peux aller nulle part tout de suite.

— Tu ne peux pas me garder ici.

— Je le peux, et je vais le faire, dis-je en pressant mon visage contre la marque dans son cou. Tu vois cette marque ? Tu es à moi, Chyna. Même si tu ne l'étais pas, je ne te laisserais pas partir. Tu es blessée. Tu dois te reposer, et tu ne peux pas rester seule.

— Ça..., balbutia-t-elle, avant de se racler la gorge. C'est juste un suçon, reprit-elle. Ça ne veut rien dire.

Je l'agrippai par la peau de la nuque et la replaçai sur mes genoux.

— Juste un quoi ?

— Un suçon. Ce n'est rien du tout, répéta-t-elle en détournant le regard.

Elle mentait. Elle savait bien que ce n'était pas rien du tout.

Je la serrai contre moi et collai ma bouche contre la sienne. Elle passa automatiquement ses bras autour de mon cou et enfonça ses doigts dans mes cheveux. Je l'embrassai un moment, puis reculai pour la regarder dans les yeux. Je me léchai les lèvres et fis un effort pour me contrôler.

— Ce n'est pas rien. Nous sommes faits l'un pour l'autre. Tu es ma compagne. Tu es mienne, et je suis tien pour toujours, Chyna.

Elle me fixa, et un feu s'alluma dans ses prunelles, me rappelant l'incendie dans lequel elle s'était retrouvée enfermée. Elle me poussa brutalement le torse pour descendre de mes genoux. Je la déposai délicatement sur le lit pour éviter qu'elle ne se blesse et la dévisageai, contrarié :

— Quoi encore ?

— C'est quoi, ton problème ?

— Tout de suite ? Ma compagne est dingue. Elle n'arrête pas de me chercher des noises pour des broutilles.

— Des broutilles ?

— Je prendrai soin de toi, jolie compagne. Tu ignores ce que vivent certaines femelles. Tous les dragons ne sont pas faciles. Nous ne sommes pas tous galants comme Cezar. Je ne te demanderai pas ce que réclameraient certains hommes. Je souhaite te simplifier la vie autant que possible, ajoutai-je en lui proposant à nouveau le plateau de nourriture.

Ses yeux s'emplirent de larmes, et j'eus l'impression qu'on m'ouvrait le cœur. Ma mère ne pleurait que quand ça n'allait vraiment pas. Pourtant, je traitais Chyna correctement, du moins je le croyais. Alors, pourquoi pleurait-elle ?

— Me simplifier la vie ? demanda-t-elle en sanglotant. Donc, tu penses que je devrais emménager ici et passer mes journée à me faire les ongles et du shopping ?

— Bien sûr que non. Tu auras des tâches à accomplir. Je cuisine mal et je ne sais pas tenir une maison. Tu t'en chargeras. Et nous passerons la plupart de notre temps ensemble, à nous accoupler.

L'assiette vola près de ma tête en sifflant. Je l'évitai et me tournai vers Chyna en grondant :

— Par les flammes, qu'est-ce que tu fais ?

— Je me fiche de savoir ce que tu penses que l'on est l'un pour l'autre, dit-elle, raide comme un piquet, tremblante de colère. Barre-toi d'ici. Ou appelle ma sœur et laisse-moi me barrer. Je ne suis pas ta bonne. Je ne compte pas abandonner ma vie et venir habiter ici parce que tu as besoin d'une bonniche, espèce d'arriéré débile ! Bien sûr, Cherry tombe sur le dragon charmant, et moi je me coltine le dragon sexiste avec les idées du siècle dernier.

Je fis un pas en arrière, stupéfait par sa réaction.

— Tu penses que Cezar est un compagnon plus valable ?

— Un bout de bois ferait un compagnon plus valable. Dégage ! Je préfère perdre mon pied plutôt que rester ici une seconde de plus. Fais venir ma sœur, sinon je vais péter un câble, et ça te plaira encore moins. Tu t'attendais à avoir une compagne soumise et effacée, une parfaite fée du logis qui nettoierait derrière toi et te préparerait de bons petits plats tous les soirs ? Dommage pour toi ! Qu'est-ce que tu fais encore là ? DEHORS !

Ma femelle avait manifestement perdu l'esprit. Je reculai lentement, les mains levées. Je ne savais pas ce qui l'avait contrariée, mais elle était furieuse. Ce genre de rage aurait effrayé n'importe qui. Je ravalais ma fierté et battis en retraite.

Une fois dans le couloir, je me passai les mains sur le visage en gémissant. Je n'avais jamais vu ma mère agir ainsi. Elle prenait soin de son château et de ses enfants avec plaisir. Je me demandais comment aurait réagi mon père si ma mère s'était mise à hurler et lui avait jeté une assiette à la figure.

Cette pensée me serra le cœur. Je n'aurais pas aimé assister à cette scène. Mon père se serait sûrement senti provoqué, et la punition ne se serait pas fait attendre. Mais je ne traiterais jamais ma Chyna ainsi.

Penser à mes parents finit d'étouffer le peu d'enthousiasme qui me restait. Je décidai d'aller parler à mon frère et de laisser un peu d'espace à Chyna.

Chapitre Douze
CHYNA

Je n'étais pas bien sûre de ce qui venait de se passer, mais je fulminais. Je fixais la nourriture étalée sur le mur et le sol et les bris d'assiette, sans parvenir à y accorder de l'importance. Blaise s'attendait sans doute à ce que je saute du lit et nettoie tout. Je n'arrivais pas à croire qu'il ait eu l'impression de me faire une proposition en or en m'invitant à devenir sa bonniche attitrée. Pensait-il vraiment que j'allais passer mes journée à nettoyer et cuisiner, puis l'accueillir à bras ouverts pour baiser tous les soirs ?

Je ne pus empêcher mon corps de réagir à cette dernière pensée — baiser avec Blaise. Je n'en avais pas eu assez. Lorsqu'il m'embrassait, j'oubliais tout le reste. Mais je devais me reprendre ; manifestement, Blaise n'était pas un type pour moi. Je devais me tirer d'ici.

Ma vie était sens dessus-dessous ; je me trouvais dans une réalité parallèle, et je ne comprenais plus rien. Les dragons existaient, et certains d'entre eux étaient de gros abrutis misogynes.

Je n'aurais pas dû être surprise. Les hommes étaient tous les mêmes, non ? Peu importait leur espèce, apparemment. Je rageais en revoyant son expression lorsqu'il m'avait expliqué que j'allais désormais cuisiner pour lui et ranger son bordel pendant le restant de mes jours. Il avait semblé si content de lui, comme s'il était un grand prince de me laisser faire ça pour lui. Et en plus, il vivait dans une vraie déchetterie.

Ma fureur reprit de plus belle, noyant la tristesse que je ressentais simultanément. C'était comme si une part de moi complètement détachée de ma personne n'avait rien à faire de comment Blaise me traitait, tant que nous étions ensemble. La triple idiote en moi, très certainement. Il s'était bien comporté avec moi, criait-elle. Mais même si c'était vrai, lui trouver des excuses était dangereux. Je risquais de finir comme ma mère avec ce genre d'attitude.

J'avais besoin de rentrer chez moi pour réfléchir à tout ça la tête reposée. J'avais mal partout, et je n'arrivais pas à y voir clair en présence de Blaise. Et puis, au fond de moi, je me demandais aussi qui avait bien pu asperger ma cabane d'essence.

Une fois un peu calmée, je regrettai d'avoir jeté une assiette sur Blaise. J'étais dans tous mes états. J'avais besoin de prendre du recul et de réfléchir.

Je suis désolé.

Je sursautai. Blaise n'était pas dans la pièce, mais j'avais clairement entendu sa voix.

— Blaise ? appelai-je d'une voix tremblante en regardant autour de moi, m'attendant à le voir caché dans un coin. Ce n'est pas drôle...

Mais personne n'était là. Je l'entendais dans ma tête. Je captai d'autres pensées, mais je fis de mon mieux pour les assourdir. Je n'étais pas prête pour ça.

Je me levai et me traînai avec difficulté à travers la chambre. J'avais mal sous la plante du pied, mais je me forçai à marcher malgré la douleur.

Ignorer Blaise quand il me disait que nous étions liés était une chose ; ignorer sa voix dans ma tête en était une autre. Je ne pouvais pas prétendre que ça n'existait pas. Plus vite je m'en irais, plus vite je pourrais prendre un peu de recul.

Il existait peut-être un échappatoire. Enfin, pouvait-on vraiment se retrouver coincé avec un compagnon juste à cause d'une marque dans le cou ? Qu'en était-il du libre arbitre ? Je ne comptais pas passer ma vie avec un homme autoritaire et dominateur. J'avais vu ma mère souffrir toute sa vie à cause de ça. C'était la raison pour laquelle ma sœur et moi avions grandi en foyers, ballotées d'un endroit à l'autre, sans jamais avoir de vraie famille à part nous deux. Je ne me laisserais pas aveugler par mes émotions et nos ébats incroyables. J'étais trop intelligente pour ça.

La porte s'ouvrit avant que je ne l'atteigne. Blaise se précipita vers moi en me voyant debout. J'aurais dû me crisper ; si je m'inquiétais tant qu'il soit autoritaire et dominateur, alors pourquoi mon corps se détendait-il en le voyant ? Avais-je vraiment perdu les pédales ?

Il me prit dans ses bras et m'emmena dans la salle de bains.

— Tu saignes, ma compagne.

— Ne m'appelle pas comme ça, répliquai-je d'une voix plus cassante que je ne l'avais prévu.

Il m'assit sur le bord de la baignoire et ferma les yeux une seconde avant de parler :

— Je dois m'occuper de ton pied. S'il te plaît, peux-tu te retenir de me jeter des choses dessus ?

Je baissai les yeux et découvris le filet de sang qui coulait dans le fond de la baignoire.

— Merde, murmurai-je, sentant la tête me tourner.

— Laisse-moi faire Chyna, s'il te plaît. Tu vas te faire mal.

— Est-ce que j'ai touché une veine ? Pourquoi y a-t-il autant de sang ? Oh mon Dieu, ça coule encore, paniquai-je.

— Tout va bien, répondit calmement Blaise. Cherry a apporté une pommade à appliquer dessus pour désinfecter la plaie et accélérer la cicatrisation.

— Une crème antibiotique. Parfait.

— Tu dois rester immobile pour guérir. Nous aurons tout le temps de nous disputer plus tard. Pour l'instant, donne-toi le temps de te soigner, et laisse-moi prendre soin de toi. S'il te plaît.

Je voyais bien que Blaise n'avait pas l'habitude de supplier. Il faisait preuve d'humilité pour moi. Touchée, je finis par acquiescer.

— D'accord, répondit la triple idiote en moi. Mais ça ne veut rien dire pour nous deux.

— Pour moi, ça veut tout dire, souffla Blaise en déposant un petit baiser sur mon front.

Je fermai les yeux, en partie pour ne plus voir le sang ; mais en réalité, c'était surtout pour essayer d'atténuer la connexion puissante que je sentais entre Blaise et moi. Quelque chose me disait qu'il ne voulait pas seulement une femme de ménage dans sa vie, mais je ne voulais pas y penser pour le moment.

Ses pensées étaient trop fortes. Elles envahissaient ma tête alors que je n'étais même pas sûre qu'il cherchait à les partager.

J'aurais dû la garder auprès de moi. Si j'avais été un meilleur compagnon, elle n'aurait pas été blessée. Tout est ma faute. Quel genre de mâle permet que sa femelle soit blessée de la sorte?

Je serrai mes paupières plus fort et fis de mon mieux pour bloquer ses pensées. J'avais besoin de mettre un mur entre nous. Un mur de colère et de distance. Dès que je me sentirais mieux, je pourrais fuir cet endroit sans un regard en arrière. Je ne comptais pas devenir femme au foyer. Et je soupçonnais que si j'apprenais à connaître Blaise, je me retrouverais bientôt en train de faire des compromis dans ce sens. Ça devait être une tendance héréditaire.

— Je vais rebander ton pied puis te faire couler un bain. Ça a semblé faire du bien à ta peau hier soir. Et je finirai de laver tes cheveux.

— Non merci.

— Chyna...

— Merci Blaise, mais je veux juste me recoucher.

— D'accord. Pour le moment.

Je retins ma respiration pendant qu'il auscultait très délicatement mon pied. Il tenait ma cheville entre ses doigts comme si j'étais en porcelaine. Lorsqu'il posa la main sur mon genou, mon corps réagit comme s'il avait touché mon entrejambe. Ma libido était déchaînée. Mais si Blaise le remarqua, il n'en montra rien. Ce fut un maigre réconfort, dans cette situation cauchemardesque.

— Bon, au lit, déclara-t-il en me soulevant dans ses bras comme si je ne pesais rien. À moins que tu souhaites que je t'installe sur le canapé pour regarder la télévision ?

— Non, j'aimerais être dans le lit, s'il te plaît, répondis-je calmement, pour prouver que nous pouvions tous deux être polis.

— Je te repréparerai un petit-déjeuner une fois que tu seras installée.

Je voulus m'excuser d'avoir jeté la première assiette, mais n'y parvins pas. Je gardai le silence tandis qu'il m'installait entre les draps. Je m'éloignai de lui dès qu'il me lâcha, et fis mine d'être absorbée par les motifs de la couette pour ne pas croiser son regard.

— Je cuisine mal, mais je ferai de mon mieux, dit-il.

— Comment fais-tu pour ne pas mourir de faim si personne ne cuisine pour toi ? demandai-je d'un ton acerbe.

Blaise se contenta de me fixer en silence quelques secondes avant de secouer la tête et de sortir de la chambre.

Je posai ma tête contre les oreillers moelleux. Ils sentaient l'odeur de Blaise. *Et merde.*

Chapitre Treize
BLAISE

Remy m'attendait dehors. Il était arrivé sans se presser ; il n'était pas spécialement impatient de me consoler. Il avait du mal à être désolé pour moi. Après tout, j'avais une femelle et pas lui. J'avais nourri ma reine, puis elle s'était endormie. Ou du moins, elle faisait mine de dormir. Elle ne voulait pas me parler, et je ne comptais pas insister tout de suite.

— Mon frère, me salua-t-il, les sourcils froncés. Pourquoi as-tu plus mauvaise mine qu'avant de rencontrer ta compagne ?

— C'est plus difficile que je ne le pensais. Elle refuse de nous laisser une chance ; elle veut juste s'en aller, répondis-je en soupirant.

— Tu lui a bien tout expliqué ? demanda Remy.

— Oui, acquiesçai-je, avant d'hésiter. Il me semble. Je ne sais pas. Chaque fois qu'elle parle de partir, j'entre dans une colère noire.

— Elle ne ressent pas le lien entre vous ? demanda-t-il en se laissant tomber sur une des chaises. C'est comme ça que ça marche, non ? Les humains ressentent le lien aussi, comme nous. C'est bien ce qu'ont dit Beast et Cezar ?

Je m'assis en face de lui et haussai les épaules.

— Je ne sais pas, je ne les écoutais pas vraiment. Je nous imaginais surtout en train de devenir fous, abattus comme des bêtes atteintes de la rage.

— Je n'ai pas vraiment fait attention non plus.

Nous restâmes assis en silence, chacun plongé dans ses pensées. Lorsque je levai la tête, Remy semblait préoccupé.

— Quoi ? demandai-je.

— Nous n'avons pas eu un bon exemple pour savoir comment nous comporter avec nos compagnes.

Je détournai le regard, immédiatement mal à l'aise. Remy et moi ne parlions jamais de nos parents d'habitude. Nous préférions éviter le sujet.

— Je ne sais pas...

— Bien sûr que si. Nous le savons tous les deux. Père n'était pas un bon compagnon. Je pense que nous ne devrions pas nous inspirer de la relation de nos parents pour les nôtres, ajouta Remy avec un soupir.

— Père était...

— Il n'était pas un bon mâle, dit-il en me regardant droit dans les yeux. Et je pense aussi que Mère n'était pas sa vraie compagne.

— *Quoi* ?

— J'y réfléchis depuis longtemps... J'ai vu comment Beast et Cezar se comportent avec leurs compagnes. Ils ne leur feraient jamais de mal. Je ne suis sûr de rien, mon frère, ajouta-t-il en levant les mains. Je n'ai aucune preuve. Mais... Il était si cruel avec elle.

Je me levai et fis les cent pas devant ma chaise en tentant de considérer les premières centaines d'années de mon enfance avec mon regard d'aujourd'hui. Mais je n'y arrivais pas. Mère était forcément la compagne de Père. Sinon, pourquoi aurait-elle sacrifié sa vie pour être avec lui ?

— Au fond, ça n'a pas vraiment d'importance. Ce n'est pas comme si nous voulions nous inspirer du comportement de Père avec nos compagnes... n'est-ce pas ?

Le fait qu'il le formule sous forme de question m'agaça.

— Crache le morceau, par les flammes !

— ... Tu ne la forces pas à rester ici contre sa volonté, hein ?

— Sors de mon terrain, répondis-je, livide, les dents serrées, furieux contre mon frère et moi-même.

— Bien sûr que non, tu ne ferais pas ça, dit rapidement Remy avec un petit sourire. Tu n'es pas du tout comme notre père, acheva-t-il avant de se transformer et de prendre son envol.

Je fis un pas en arrière. J'avais l'impression d'avoir reçu un coup de poing dans le ventre. Je ne la gardais pas ici contre sa volonté. Pas vraiment. C'était pour son bien. J'essayais de prendre soin d'elle... Peut-être bien contre sa volonté.

La remarque de Remy m'amena à me demander si je ressemblais plus à mon père que lui. Au fond, ne serais-je pas beaucoup plus similaire à mon père que je ne le croyais ? Je ne serais jamais violent avec Chyna, bien sûr. Mais... Il n'y avait pas que les coups qui pouvaient faire souffrir. Le harcèlement pouvait être tout aussi terrible. Où était la limite ?

Je rentrai à l'intérieur et me plaçai devant la porte de la chambre. J'entendis sa respiration profonde et régulière. Elle s'était enfin endormie. Je me glissai dans la chambre et me postai près du lit. Je regardai sa poitrine se soulever et retomber. J'essayai de m'imaginer la renvoyer chez elle, sans y parvenir. Je ne pouvais pas. Ce n'était pas du tout pour la contrôler, et ça n'avait rien à voir avec la manière dont Père se comportait avec Mère ; simplement, dès qu'elle était loin de moi, j'avais l'impression de mourir, de me consumer à petit feu. Je devais m'assurer qu'elle était en sécurité. Je devais pouvoir la toucher, m'assurer personnellement qu'elle allait bien.

Je ne savais pas grand-chose sur elle. Seulement qu'elle était ma reine et qu'elle avait un caractère bien trempé, même face à un dragon. J'avais besoin de temps pour la connaître, pour apprendre à la satisfaire. Peut-être qu'ensuite, elle voudrait rester avec moi. J'avais juste besoin d'un peu plus de temps. Je ne pouvais pas encore la laisser partir. Ça faisait probablement de moi une personne qui ressemblait davantage à Père que je ne l'aurais souhaité... Mais je comptais en apprendre le maximum sur elle le plus rapidement possible, et tout faire pour la rendre heureuse.

Chyna gémit dans son sommeil, et mon cœur se serra. Comment pouvais-je la laisser seule alors qu'elle était peut-être en train de faire un cauchemar ?

Je m'installai dans le lit près d'elle et l'attirai sur mon torse. Elle se blottit contre moi avec un soupir d'aise. Même dans le sommeil, son corps savait que nous étions liés. Si elle écoutait son corps, elle saurait sans l'ombre d'un doute que nous étions faits l'un pour l'autre.

Détendu maintenant que Chyna était blottie entre mes bras, je repensai aux paroles de Remy, à la relation de nos parents et aux relations de couple en général dans l'ancien monde. Les femelles étaient considérées comme des êtres inférieurs, simplement à cause d'un critère de force physique. En général, leur rôle était de prendre soin de leur maisonnée. Mais ça ne semblait pas leur poser de problème ; du moins, il ne m'avait pas semblé. Ma mère semblait satisfaite. L'était-elle vraiment ? Aucune femelle ne voyait d'inconvénient à ce que le mâle ait le contrôle.

Mais notre royaume avait souvent été moqué et pointé du doigt. Le rôle des femelles avait évolué dans la plupart des royaumes autour de nous, mais mon père interdisait formellement le moindre changement dans le nôtre, et ni Remy ni moi n'avions remis sa volonté en cause lorsque nous avions pris le pouvoir. Le nouveau monde était complètement différent de l'ancien. Ma manière de parler — et de penser — semblaient offenser Chyna.

Je devais réfléchir. Je me triturai le cerveau pendant que Chyna dormait pour déterminer quoi faire. Je voulais être digne de ma reine. Je voulais son bonheur, même si ses désirs ne me rendaient pas heureux.

Chapitre Quatorze
CHYNA

Blaise n'était pas en vue lorsque je me réveillai. Une assiette pleine était posée sur la chaise près du lit. Je m'assis et l'attrapai. J'étais en bien meilleure forme, et je mourais de faim. Le sandwich et les frites étaient bien meilleures que les œufs baveux et les toasts brûlés que Blaise avait préparés le matin. Mais qui aurait pu rater un sandwich ? Je me sentis encore mieux après avoir mangé. Je m'installai confortablement en m'adossant à la tête de lit.

J'ignorais quoi faire. Je ne pouvais pas me lever ni me déplacer sans risquer de rouvrir ma blessure au pied. J'étais prisonnière dans le lit de Blaise, un lit dans lequel j'avais passé une des meilleures nuits de ma vie. Les draps portaient son odeur — épicée, virile, chaude et réconfortante. En vérité, j'avais envie qu'il reste auprès de moi ; mais je refusais de perdre mon indépendance. C'était ce à quoi me forcerait une relation amoureuse par définition, non ? Faire des compromis, rendre des comptes à quelqu'un, faire des sacrifices. Pourtant, j'étais toujours là. Je devais être la seule personne au monde à prolonger un coup d'un soir.

Comme si penser à lui l'avait fait venir, Blaise entra dans la chambre, fraîchement douché, une serviette enroulée autour de la taille. Le tissu ne cachait en rien la bosse entre ses jambes. Ses cheveux étaient mouillés, et des gouttelettes glissaient le long de son torse et de ses abdos. Le regarder était une torture. Un vrai supplice.

Mon corps le désirait, aucun doute là-dessus ; mais sur tous les autres plans, nous étions apparemment totalement incompatibles. Il possédait la mentalité surannée des siècles passés.

Il voulait une bonniche, me répétai-je. Il voulait me contrôler et me posséder, comme une *chose*. Mais la triple idiote en moi ne semblait pas y accorder d'importance. Elle réagit à sa présence encore plus fort que lors de notre première rencontre.

— Salut..., dis-je en baissant les yeux.

— Chyna... Regarde-moi, demanda Blaise en s'approchant, l'air triste.

— Je me sens beaucoup mieux, répondis-je, sentant mes joues rougir.

— Je vais m'habiller, puis je t'aiderai à te laver. Cherry et Cezar vont passer plus tard. Puisque tu te sens mieux, ils vont te ramener chez toi, dit-il avant de saisir un t-shirt neuf sur une pile et un jean sur une autre, d'en arracher les étiquettes et d'aller dans la salle de bains pour s'habiller.

Mon cœur se serra. Je dus soudain me mordre la lèvre pour empêcher des larmes de se former au coin de mes yeux. Ça n'avait aucun sens, mais j'avais envie d'éclater en sanglots et de lui demander des explications.

Après une minute, Blaise sortit de la salle de bains vêtu d'habits neufs. Pieds nus, il s'approcha de moi. J'avais l'impression de pouvoir entendre — ou sentir — une pensée, sans en être absolument sûre, mais elle n'avait aucun sens :

Elle est libre. Je ne suis pas mon père.

— Je vais te porter jusqu'à la baignoire et te laisser faire le reste. Tu te sentiras mieux une fois propre.

— Qu'est-ce qui a changé ?

— Changé ?

— Ouais. Depuis le début, tu me serines de rester, de ne pas partir, et maintenant tu as l'air pressé de te débarrasser de moi. Que se passe-t-il ?

— Je ne veux pas me *débarrasser* de toi. Mais j'aimerais que tu aies envie d'être ici. Je ne suis pas un démon, ajouta-t-il en se passant la main dans les cheveux.

— Je ne voudrais jamais devenir ta bonne à tout faire, Blaise. Ou une gentille petite épouse au foyer. C'est juste... Ce n'est pas pour moi, c'est tout. Je refuse de vivre sous le contrôle de quelqu'un, déclarai-je en me forçant à le regarder dans les yeux et à ignorer l'idiote en moi qui avait envie de le voir me supplier de rester.

— Je ne cherche pas à te contrôler, répondit Blaise d'une voix teintée de frustration. Vraiment. J'ai juste été conditionné à penser d'une certaine manière.

— Je refuse que tu me donnes des ordres.

— Chyna, par les flammes, je te laisse partir. Que veux-tu de plus ?

— Tu me *laisses* partir ? Tu vois, tu recommences.

Je pouvais sentir les ondes de colère émaner de lui.

— Je ne veux pas que tu partes. J'essaie de respecter ta volonté, dit-il, les dents serrées.

J'avais réussi à retrouver le contrôle et à monter ma garde. J'étais de nouveau convaincue de vouloir partir.

— Toi et moi, ça ne pourra jamais marcher, dis-je en secouant la tête et en détournant le regard.

Il s'approcha, sa colère tangible, mais il ne me faisait pas peur. Il me souleva dans ses bras comme si je ne pesais rien et me porta jusqu'à la salle de bains.

— Je n'avais pas envie de ça non plus. Je ne comptais pas rencontrer ma compagne dans ce bar. J'étais très heureux dans ma vie.

— Tu cherchais juste un plan cul, alors ? demandai-je, sans trop savoir pourquoi je m'en souciais.

— Et si c'était le cas ? rétorqua-t-il en plissant les yeux.

Je sentis la bile remonter au fond de ma gorge. Mais que pouvais-je répondre à ça ? Merde, pas grand-chose.

— Dans ce cas, on cherchait tous les deux la même chose, lâchai-je.

— Tu cherchais...

— Oui. Oui, tout à fait. Je cherchais un partenaire sexuel, quelqu'un, *n'importe qui*, pour coucher avec. J'en avais assez d'être vierge. À vrai dire, jusqu'à ce que tu arrives, Armand avait de grandes chances de ne pas rentrer seul.

Je voulais blesser Blaise, sans vraiment comprendre pourquoi. Probablement parce que rester persuadée de partir serait plus facile si nous nous disputions.

Je vis le dragon de Blaise bouillonner sous ses traits. Ses yeux étincelaient d'un éclat rouge aux accents dorés, et des veines dorées apparaissaient sous sa peau qui rougissait. Il me serra plus fort contre lui, sans toutefois me faire mal.

— Ne me dis pas ça, gronda-t-il d'un ton d'avertissement.

Mais je ne pouvais m'en empêcher.

— Si Armand avait été un peu plus entreprenant, je serais partie avec lui et l'aurais suivi jusqu'à son château. Il aurait été mon premier, pas toi.

Blaise me déposa dans la baignoire et lâcha un rugissement.

— Tu es mienne. Si tu désires que je te le prouve, que je me batte pour te conquérir, je le ferai. Je provoquerai n'importe quel dragon en duel pour te le prouver. Par les flammes, je t'enchaînerai à mon lit s'il le faut, déclara-t-il les dents serrées, en écartant les poings pour révéler les griffes qui avaient commencé à pousser.

Je fus envahie par une satisfaction malsaine. Un mélange de colère et de désir luttait en moi. Je me levai en prenant soin de ne pas m'appuyer sur mon pied blessé.

— Je ne t'appartiens pas. Tu es juste un coup d'un soir qui ne veut pas se terminer !

Il éclata de rire.

— Et pourtant, ton corps me désire, compagne. Je peux le sentir d'ici. C'est parce que j'ai parlé de t'enchaîner au lit ? C'est ce que tu veux, alors ? Peut-être qu'au fond, c'est ton plus grand désir.

Avant d'avoir réalisé ce que je faisais, je lui donnai une claque retentissante. J'avais l'impression d'être possédée par une autre personne. À l'instant où ma main toucha sa joue, je poussai un cri et sortis de ma transe furieuse.

— Oh mon Dieu, oh non. Je suis vraiment désolée. Je ne voulais pas... Pardonne-moi, Blaise, murmurai-je.

Il tourna les talons et sortit en trombe de la salle de bains, son dos raide comme un tronc d'arbre.

Je me laissai glisser dans la baignoire et fondis en larmes. Je n'arrivais pas à croire que je l'avais frappé, ni que j'avais proféré de telles choses. Mais que m'arrivait-il ? Je voulais courir après lui pour m'excuser. Pour couronner le tout, je ressentais ses émotions comme si elles étaient miennes. J'avais pu sentir sa peine lorsqu'il était parti. Elle était aussi forte que la mienne, peut-être même plus. Il souffrait, et c'était ma faute. Je lui avais cherché des poux parce que j'étais une poule mouillée, et malgré mon attitude, il s'inquiétait toujours pour moi. J'étais vraiment une peste. Il faisait tout son possible pour me rendre heureuse, y compris me laisser rentrer chez moi — parce que je l'avais demandé.

J'aurais aimé rester dans l'ignorance, continuer à être en colère contre lui et à m'apitoyer sur moi-même. Ç'aurait été plus simple de partir en ignorant à quel point je le blessais. Et je devais partir. Plus que jamais, je constatais que j'étais trop cassée. Irrémédiablement.

Chapitre Quinze
BLAISE

Personne ne prononça un mot lorsque Cherry et Cezar vinrent chercher Chyna. Ils pouvaient sentir la tension dans l'air, sans aucun doute. Elle était si épaisse qu'il était difficile de respirer dans mon château.

Ma compagne était partie, mais notre dispute continuait de me tourmenter. J'avais perdu mon calme. Je m'étais énervé et je lui avais crié dessus, comme mon père le faisait avec ma mère. Je n'avais pas levé la main sur elle, mais ce n'était pas vraiment une victoire.

Tous mes plans m'avaient explosé à la figure. Je pensais la convaincre de me parler, qu'elle m'expliquerait ce qu'elle attendait de son compagnon. Je voulais être digne d'elle. De tout mon cœur.

Je me laissai tomber dans un des fauteuils de la terrasse avec une flasque du breuvage spécial d'Armand. J'en bus une grosse lampée pour essayer d'anesthésier ma peine. Je voulais faire disparaître la douleur qui serrait ma poitrine.

C'est vraiment pitoyable, un dragon qui se prend une cuite en se morfondant comme un amoureux transi, hein mon frère ? lançai-je mentalement à Remy.

J'arrive.

Je n'attendis pas son arrivée pour terminer la flasque d'alcool. Je n'étais pas d'humeur à partager. En fait, j'aurais préféré boire jusqu'à perdre connaissance. J'avais perdu ma reine. Elle ne s'était même pas retournée en partant. Elle avait gardé la tête baissée. J'avais essayé de lire en elle pour savoir ce qu'elle pensait, mais je n'y étais pas parvenu. Elle avait monté sa garde. Elle devait me détester.

J'ignorais combien de temps s'était écoulé lorsque Remy atterrit sur mon dock et se transforma. Je lui fis signe d'aller chercher des vêtements à l'intérieur. Il réapparut bientôt, vêtu d'un de mes jeans.

— Ça te tuerait de passer l'aspirateur de temps en temps, mon frère ? Que s'est-il passé ? demanda-t-il en s'approchant.

— J'aimerais bien le savoir.

— Tu ne sais pas ce qui s'est passé ?

Je m'adossai au fauteuil et fixai le ciel étoilé. Je n'avais pas remarqué que la nuit était tombée. Le ciel était clair et rempli d'étoiles. La région ne possédait presque aucune pollution lumineuse.

— Est-ce que l'ancien monde te manque parfois, mon frère ?

— C'est une blague ? demanda Remy avec un rire sec. Tu me demandes si le monde dans lequel nous étions des rois dans le plus puissant royaume me manque ? Là où tout le monde nous respectait et nous craignait, où nos simples noms évoquaient une telle puissance que tous s'inclinaient en tremblant ? Là où tous s'agenouillaient en notre présence ?

— Chyna ne veut pas faire le ménage, grommelai-je.

— Hum, d'accord. Rien de bien grave, si ?

— Apparemment, si, répondis-je en me tournant vers lui. J'ai essayé de lui expliquer le lien entre compagne et compagnon, que la femelle s'occupe du foyer et des petits. Je n'ai pas pu aller plus loin. Elle est entrée dans une colère noire.

— Je ne comprends pas.

— Elle a dit qu'elle refusait d'être ma bonniche. Comme si je lui demandais une chose pareille, m'exclamai-je en jetant la bouteille au loin, qui alla s'éclater contre un rocher. Elle me manque de respect. Elle n'éprouve aucune tendresse à mon égard, et elle ne veut pas être ma compagne. Elle refuse d'être ma reine.

— Parce qu'elle ne veut pas nettoyer ?

— Je suppose. Je ne sais pas. Peut-être que je ne lui plais pas, tout simplement.

Remy poussa un gros soupir et s'installa plus confortablement dans le fauteuil.

— Qu'est-ce qu'elle t'a dit ? Ses mots exacts, mon frère.

Je me creusai les méninges. Qu'avait-elle dit ?

— Heu... Elle a dit quelque chose comme...

— Tu n'écoutais pas ?

— Bien sûr que j'écoutais ! criai-je en me levant et en m'éloignant de Remy en titubant. Elle a dit qu'elle ne voulait pas de moi.

— À cause des tâches ménagères ?

— Pourquoi restes-tu bloqué sur les tâches ménagères ?

— Pour te montrer à quel point tu as l'air débile.

Je chargeai et le fis basculer. Le fauteuil se brisa sous notre poids. Devant cette nouvelle chose cassée dans ma vie, ma colère redoubla. Je le frappai au visage, et il se retrouva soudain au-dessus de moi en train de me rendre le même coup. Mes mouvements étaient ralentis à cause du breuvage d'Armand. Remy plaça facilement deux autres coups avant de se redresser et de s'éloigner.

— Tu es un idiot. Tu as une compagne. Pourquoi te quereller à propos de tâches ménagères, ou sur l'éducation des petits ? Si elle ne veut pas nettoyer ou cuisiner, elle ne le fera pas. Où est le problème ?

— Qu'est-ce que tu racontes ? Nous étions justement en train de parler des joies de l'ancien monde, dans lequel les femelles prenaient soin de nous. Nos compagnes devraient avoir envie de le faire.

— Par les flammes, Blaise. Bien sûr que l'ancien monde nous manque. Nous étions jeunes, et nous étions des rois ; les mâles les plus choyés du royaume. Nous avions le privilège qu'on fasse tout pour nous. Mais nous vivons ici maintenant. Les femelles — les humaines — sont très différentes des dragonnes de l'ancien monde. Elles travaillent. Elles élèvent leurs enfants. Et nous ne sommes plus des rois. Refuses-tu le changement à ce point ?

— Je n'ai jamais voulu que les choses changent.

— Personne ne nous a forcés à venir ici. Mais notre monde était en train de s'écrouler, mon frère. Nous avons abusé de notre pouvoir, et certains se sont retournés contre nous. Nous étions chassés comme du gibier et exterminés, petit à petit. Tu préfères vraiment ça à avoir une compagne qui refuses de te torcher le cul ?

— Je ne veux pas qu'on me torche le cul ! Je n'ai jamais rien demandé de tel.

— Heureusement, le papier toilette est de bien meilleure qualité dans le nouveau monde.

Je restai stoïque quelques secondes, puis éclatai de rire.

— Tu es un idiot.

— L'idiot tout de suite, c'est toi. Tu n'as pas besoin d'une compagne pour nettoyer ton bordel et te nourrir comme si tu étais un enfant attardé. Tu es un dragon et un guerrier. Tu peux faire ça tout seul, mon frère.

— Je peux le faire. Je crois. Je pensais juste... J'ai toujours pensé que si je trouvais une compagne, ce serait comme dans l'ancien monde. Au moins un peu. Ça me manque parfois. Le pouvoir, la liberté, soupirai-je en levant à nouveau le nez vers le ciel.

— Comme à nous tous, mon frère.

— Et si ce n'est pas la vraie raison pour laquelle elle ne veut pas être avec moi ? demandai-je lentement, révélant la question qui me hantait.

Et si elle avait vu la noirceur en moi ? Et si, en découvrant mon âme, elle n'avait pas aimé ce qu'elle avait vu ? Et qui pourrait le lui reprocher ? Mon père était surnommé le Roi Démon. Peut-être avait-elle décelé mon héritage et décidé de prendre le large.

— Ta bite est moins grosse que la mienne, mais je suis certain qu'elle finira par s'y faire, Blaise, répondit Remy avec un haussement d'épaule en réprimant un sourire.

— Barre-toi, grondai-je.

— Ouais, ouais, j'y vais, petite bite.

— Ça suffit.

— Et sinon, tu feras quoi, micropénis ?

Je me mis difficilement sur pied et me transformai. *Je vais te botter le cul.* Il se transforma et pris son envol. *Ça serait bien la première fois, mini-queue.*

Remy savait ce qu'il faisait. En me mettant en colère, il m'évitait de penser à ma compagne pendant quelques minutes. Malheureusement, au prix d'un nouveau trou béant dans un des murs de mon château, que je devrais nettoyer tout seul.

Chapitre Seize
CHYNA

— Chyna, je ne te laisserai pas ici toute seule, déclara Cherry, les mains sur les hanches.

Bon sang, tout le monde cherchait à me contrôler. Cezar et elle avaient insisté pour passer la nuit chez moi, mais le lendemain matin, je me sentais beaucoup mieux.

— Je ne compte pas vous entendre copuler avec Cezar une nuit de plus. Non merci.

— Je ne suis pas d'accord. Quelqu'un a voulu s'en prendre à toi. C'était peut-être intentionnel, dit Cherry avant de secouer la tête en me voyant prête à protester. Je sais ce que tu vas dire. Non, ce n'était pas un accident. Comment de l'essence se serait retrouvée sur le sol de ta cabane, si quelqu'un ne l'y avait pas déversée ?

Je fixai le plafond en me répétant qu'elle était ma jumelle et que je l'aimais.

— Cherry, personne n'aurait pu savoir que je craquerais une allumette à l'intérieur. Bon Dieu, je n'ai pas allumé cette lanterne depuis des mois. Si c'était une tentative de meurtre, c'était vraiment mal joué, si tu veux mon avis.

— Ne parle pas de meurtre !

— Tu recommences à paniquer, gémis-je en secouant la tête.

Je lançai un regard suppliant à Cezar, qui s'approcha et passa gentiment son bras autour des épaules de Cherry.

— Je pense que nous ferions mieux d'y aller, petite compagne. Chyna ne risque rien.

Cherry sembla sur le point de protester, mais une expression rêveuse passa sur ses traits, et elle finit par acquiescer.

— D'accord.

— Quoi ? Qu'est-ce qui vient de se passer ? Tu viens de lui administrer du Xanax pour dragon ?

— Tu as de la chance que je t'aime, répliqua Cherry en plissant les yeux. On va te laisser tranquille, dès que je t'aurais préparé à manger et que j'aurais changé les draps de la chambre d'amis.

— Tu n'as pas à..., commençai-je, avant de me raviser. En fait, si, change les draps.

Elle éclata de rire et caressa le torse de son compagnon en passant devant lui.

— Viens m'aider, mon gros dragon.

— S'il vous plaît, les gars. Si je dois encore vous entendre baiser une fois, je vais me barrer dans le marais en clopinant et souhaiter que quelque chose me fasse la peau.

— Très bien, très bien, dit Cezar en levant les mains. Je vais m'occuper des draps, et Cherry va te cuisiner quelque chose.

— Faisons plutôt l'inverse, proposa Cherry en lui frottant le ventre. Tu cuisines mieux que moi. Je mets toujours trop de sel. Ça fait gonfler mes chevilles.

Je tendis la main pour toucher son ventre, qui contenait mon futur neveu ou ma future nièce.

— J'adore ce petit œuf, mais moi aussi j'en ai assez de manger trop salé, Cher.

— Heureusement que j'ai appris à cuisiner, remarqua Cezar en riant.

Il alla s'occuper de la cuisine, et Cherry disparut dans le couloir pour aller changer les draps. Je restai silencieuse, en pleine réflexion.

— Pourquoi as-tu appris à cuisiner ? demandai-je.

— Parce que j'avais faim ? répondit-il en levant la tête du réfrigérateur.

— Alors Blaise n'a jamais eu assez faim, j'imagine, répondis-je d'un ton léger pour ne pas insulter son ami sous son nez.

Et parce que je n'étais pas certaine de vouloir aborder le sujet. Je faisais tout mon possible pour ne pas penser à lui, sans succès.

— Ah. Ta question ne concerne pas vraiment la cuisine, je me trompe ?

— Si, si, répondis-je en évitant son regard. J'étais juste curieuse.

— Bien sûr, dit Cezar en prenant une casserole sur une étagère. Tu aimerais recevoir un petit cours d'histoire ?

— Oui, répondis-je, curieuse, en faisant pivoter le tabouret pour me tourner vers lui.

— Dans notre ancien monde, là d'où nous venons, nous appartenions tous à des royaumes différents. Il y en avait une multitude, un peu comme les pays dans votre monde. Chaque royaume est, ou était, unique. Mon royaume, comme la plupart, avait évolué et appliqué des changements au cours des siècles. Les dragons vivent des existences très longues, mais notre espèce n'est pas si différente de la vôtre. Avec chaque nouvelle génération, certaines croyances surannées ont été abandonnées. Aucun de nos royaumes n'était aussi progressiste que votre monde, pas avant que nous ne le quittions en tout cas, mais ils étaient nombreux à prendre cette direction. Mais un de ces royaumes était gouverné depuis de nombreuses années par un roi-dragon malveillant et violent. Un sadique. Il était si redouté qu'il était surnommé le Roi Démon. Son royaume ne progressa pas, ni ses sujets, parce qu'il interdisait tout changement ou évolution. Le Roi Démon préférait gouverner par la tyrannie et l'oppression, et ses enfants furent formés afin de poursuivre son règne de la même manière ; ils apprirent ses manières brutales. Pourtant, ils n'avaient pas le cœur cruel de leur père, acheva-t-il en me regardant intensément.

— Blaise ?

— Et son frère jumeau, Remy, répondit Cezar en soupirant. Ils sont venus dans le nouveau monde avec ce genre de valeurs en tête. Ils ont beaucoup grandi et changé. Peut-être autant qu'ils le pouvaient... du moins, sans une bonne raison de le faire.

— Ça suffit pour la leçon d'histoire.

Je ne voulais pas l'entendre me dire que je pouvais être la raison qui ferait changer Blaise. Je n'avais pas envie de me détester plus que je ne le faisais déjà pour l'avoir abandonné.

— Chyna, Blaise est un peu rustre, mais je le connais depuis de nombreuses années, et je peux te garantir que c'est un mâle valeureux. Je pense qu'il serait prêt à tout pour satisfaire sa compagne.

— Que prépares-tu ? demandai-je pour clore le sujet en m'emparant de la télécommande de la télévision.

— Des spaghettis. Un plat délicieux qui n'existait pas dans l'ancien monde.

— Pas de spaghettis ? Quel trou à rats.

Cezar éclata de rire, comme je l'espérais, et la tension se dissipa.

— Tu es drôle.

— Mais pas autant que moi, n'est-ce pas ? demanda Cherry en me faisant un clin d'œil avant de donner une petite tape sur les fesses de Cezar.

— Bien sûr, ma compagne. J'étais en train de parler à ta sœur des différences entre mon ancien monde et celui-ci. Avec des différences plus importantes dans certains royaumes. Mais le pire, c'est qu'il manquait la beauté sans pareille de ma compagne dans notre ancien monde, dit Cezar avant d'embrasser amoureusement ma sœur.

Je fis mine de vomir, tandis que Cherry souriait comme un gosse le jour de Noël. Son sourire était si radieux qu'il m'éblouit.

— Qu'ai-je fait pour avoir tant de chance ? soupira-t-elle en glissant son bras autour de la taille de Cezar.

Je fixai la télévision en retenant mes larmes. Il y avait beaucoup trop de bonheur pour moi dans cette cuisine. J'aurais aimé qu'ils partent et me retrouver seule. J'avais besoin de temps pour réfléchir à tout ce qui venait de se passer. En seulement quelques jours, tout mon monde avait été bouleversé, et je n'étais pas sûre qu'il redevienne un jour le même.

— Chyna ? Tout va bien ?

Je me levai précautionneusement, en attrapant la béquille dont je me servais pour soulager mon pied.

— Hum, ouais, ça va. J'ai juste envie… d'aller aux toilettes.

Je savais bien qu'ils avaient deviné à ma voix tremblante que je retenais un torrent de larmes, mais ils ne me suivirent pas quand je filai dans le couloir. Cezar retint Cherry pour que je puisse rester seule un instant, et je lui en fut reconnaissante. Je m'enfermai dans ma chambre et m'assis sur le bord du lit en essayant de ne pas éclater en sanglots.

Je commençais à comprendre que rien ne serait plus jamais comme avant, avant Blaise. L'ancienne Chyna n'était plus. Elle avait voulu donner un coup de fouet à sa vie, et le moins qu'on puisse dire, c'était qu'elle avait réussi.

Chapitre Dix-Sept
CHYNA

Une semaine s'écoula — très lentement — et mon pied fut presque entièrement guéri. J'étais heureuse de pouvoir à nouveau porter des chaussures et me déplacer sans béquille. J'avais même recommencé à travailler un peu. Mais je n'étais pas encore retournée sur les lieux de la petite cabane. Cet endroit attendrait. Pour le moment, j'avais des frissons chaque fois que je pensais à le visiter.

Si mon corps allait mieux, ce n'était pas la même chose émotionnellement ; le cœur mettait plus de temps à guérir que les blessures physiques. Je pensais constamment à Blaise. Si je le sortais de ma tête un instant, je ressentais soudain les symptômes physiques du manque.

Je devenais irritable et impatiente avec tous ceux qui m'entouraient. Cherry avait décidé de m'éviter jusqu'à ce que j'aie « résolu mes soucis, » selon ses propres mots. Mes autres amis avaient arrêté de venir me voir après quelques visites. Je reçus encore quelques coups de fil, puis plus rien. Ça me convenait. S'ils me trouvaient de mauvaise humeur, ils étaient loin d'imaginer dans quel état je me trouvais.

Je décidai qu'il en était assez. J'allais retourner voir Blaise. J'avais besoin de lui parler. Du moins, je me répétais que c'était juste pour parler, même si je le désirais plus fort que jamais. Je voulais attendre une semaine. Je m'étais dit que si je parvenais à patienter si longtemps, mon désir finirait par s'estomper, au moins un peu. Mais c'était tout le contraire. Parfois, j'avais même l'impression de pouvoir ressentir son désir en plus du mien.

J'étais en train de monter dans mon bateau quand Cherry m'appela dans mon dos. Elle poussa un cri de joie en me voyant.

— Tu vas le voir, ça y est ?

J'eus envie de nier, mais je ne pouvais pas mentir à ma jumelle.

— Il faut que je lui parle, finis-je par lâcher.

— Enfin. Tu étais en train de devenir vraiment bizarre. Et Cezar dit que Blaise perd la tête sans toi.

— Comment ? demandai-je, étrangement rassérénée à cette nouvelle.

— Je t'assure. Il passe son temps à boire des litres de breuvage. Quand il ne te surveille pas, bien sûr, dit-elle avant d'écarquiller les yeux et de porter la main à sa bouche.

— Je n'ai rien dit, murmura-t-elle.

La main sur la corde du bateau, je me figeai.

— Répète-moi ça.

— Oh, et puis merde. Tu vas aller chez lui, donc tu l'aurais su, de toute manière. Et puis, il mérite d'être félicité pour tous les efforts qu'il fait. On s'est tous inquiétés pour toi, mais personne autant que Blaise. Depuis qu'il t'a trouvée parmi les flammes, il ne t'a jamais quittée, pas une seule seconde. Il t'a soignée, baignée, il a pris soin de toi...

— Cherry ! criai-je, m'impatientant.

Elle sursauta et leva les mains en l'air.

— D'accord, d'accord... En fait, il n'est jamais parti. Il passe son temps à te surveiller, à tourner autour de chez toi. Il veut s'assurer que tu es en sécurité, même si tu l'as rejeté.

Je voulus protester, nier que je l'avais rejeté. Mais techniquement, c'était bien ce qui s'était passé. L'admettre me laissait un mauvais goût au fond de la gorge, et un sentiment de honte qui pesait lourdement sur mon cœur.

— Alors, il surveille ma maison ? demandai-je.

— Mais pas comme un gros pervers, le défendit rapidement Cherry.

Non pas qu'elle en ait besoin. Cette révélation déchaîna de plus belle mes hormones en surchauffe. J'avais l'impression d'être en chaleur. Ma peau était presque aussi sensible que juste après l'incendie. J'étais désespérée.

— Chyna ?
— On se voit plus tard.

Je poussai le bateau et démarrai le moteur. Je me dirigeai à toute vitesse vers la baie qui me permettrait de rejoindre le château de Blaise le plus rapidement. Je me sentais excitée. Plus je m'approchai de chez lui, plus le poids dans ma poitrine semblait s'estomper. Pour la première fois depuis une semaine, je parvenais à respirer normalement.

Même l'idée que rien ne soit permanent ne changeait rien à mon humeur. J'étais dans l'instant présent. J'allais retrouver Blaise pour parler. Parler...

J'attachai la corde du bateau à son dock et courus presque jusqu'à sa porte. La terrasse était sens dessus-dessous ; des fauteuils renversés, du verre cassé... Et un des murs du château semblait comporter un nouveau trou.

Je levai la main pour frapper à la porte, mais avant de toucher le bois, je sentis une présence derrière moi. En me retournant, je découvris l'énorme dragon écarlate qui venait d'atterrir. Je le regardai reprendre forme humaine. La vue du magnifique corps nu de Blaise envoya des décharges électriques à travers tout mon corps, comme si j'étais soudain branchée à une source de courant. Je vibrai de toutes parts.

Blaise s'approcha de moi à grandes enjambées. Il bandait déjà, et à cet instant, aucun de nous ne prétendit que j'étais là pour autre chose. Le désir brut émanait de nous deux. Dès qu'il fut assez proche, je me jetai dans ses bras. Il m'attrapa en plein vol et me serra contre lui tandis que je passai mes jambes autour de sa taille.

Je trouvai ses lèvres, et pour la première fois depuis de nombreux jours, tout alla bien. Ainsi réunis, plus rien n'avait d'importance. En un clin d'œil, je me retrouvai nue, Blaise en moi, en train de donner des coups de reins énergiques. Nous jouîmes rapidement, debout sur sa terrasse, au milieu des meubles brisés. L'expérience était brutale, désespérée ; rien à voir avec notre première fois. Mais c'était exactement ce dont nous avions besoin.

Mon cerveau s'était enfin remis à fonctionner. Allongée sur Blaise, sa queue toujours en moi, je me sentis enfin moi-même. Son odeur saturait mes sens, et je me dis que je pourrais rester là toute ma vie. Une vie entière, passée entre les bras d'un homme que je connaissais à peine. Un homme avec un père si cruel et tyrannique qu'on le surnommait le Roi Démon. Un homme qui, d'après Cezar, avait suivi son père et régné de la même manière que lui les premières années. Sans cruauté, mais sous un régime d'oppression.

— Je peux sentir tes pensées, grommela Blaise. Je ne les entends pas, mais je sais qu'elles ne sont pas positives. Arrête, s'il te plaît. Reste avec moi.

J'en avais envie. Mais je ne pouvais pas. Maintenant que ma libido déchaînée était satisfaite, je pouvais à nouveau réfléchir et raisonner. J'induisais Blaise en erreur. Il allait penser que j'avais changé d'avis, que je voulais être sa compagne.

— Je dois y aller.

— Chyna..., gémit-il en levant la tête pour fixer le ciel.

Je me redressai et me levai, bien consciente de la souffrance que je lui infligeais.

— Je suis navrée d'être revenue ici, Blaise. Je n'aurais pas dû.

— Pourquoi es-tu revenue ?

Mon corps se mit à trembler alors que je fixai Blaise. Apparemment, mon besoin de lui n'était pas entièrement étouffé. Notre petite partie de jambes en l'air m'avait soulagée, mais je le désirais encore. Très fort.

— Tu sais pourquoi, répondis-je.

— Pour qu'on couche ensemble, mais sans être en couple ?

— Tu accepterais ? demandai-je, mais je me ravisai tout de suite. Oublie ça.

Blaise se leva et ramassa une des chaises de jardin, la remit sur pied et s'assit. Ses abdos se contractèrent délicieusement sous le mouvement. Il ne prit pas la peine de cacher sa nudité.

— Tu ne veux pas être ma compagne ni apprendre à me connaître, mais tu veux coucher avec moi ? demanda-t-il, en me fixant comme si j'étais une énigme à résoudre, avant de pousser un gros soupir. D'accord.

Je poussai intérieurement des cris de joie. L'idée de pouvoir coucher avec Blaise sans engagement était palpitante. J'avais conscience que c'était peut-être une réaction autodestructrice de ma part ; toutefois, je choisis de l'ignorer.

— Juste du sexe ? Aucun engagement ? Tu ne chercheras pas à ma manipuler ni à me contrôler ?

— Je n'ai pas le choix, si ? demanda Blaise en fixant l'eau du marais, les coudes sur ses genoux.

Si j'avais été une meilleure personne, je lui aurais dit d'oublier tout ça. En entendant la déception dans sa voix, j'eus envie de mettre un terme à notre relation sur-le-champ. Mais je savais aussi que je ne pourrais pas m'y tenir. Rester loin de lui une semaine avait été un véritable enfer. Lorsqu'il s'agissait de Blaise, je n'avais aucun contrôle.

— C'est tout ce que je peux te proposer pour le moment, répondis-je.

— Ma porte t'est toujours ouverte, dit Blaise, avant de se lever et de se diriger vers son château, me donnant vue sur son sublime derrière.

Je savais qu'il était en colère contre moi. Je ressentais clairement ses émotions : de la frustration, de la déception et de la tristesse. Mais si je les bloquais, je pouvais presque me persuader que je prenais la bonne décision. Au fond, n'était-ce pas ce dont rêvaient les hommes ? Du sexe sans attaches, sans engagement ?

Je me dirigeai vers mon bateau en me forçant à ne pas accorder d'importance à ce que Cherry avait appelé le lien entre compagnons. *Continue d'avancer*, me répétais-je comme un mantra.

Chapitre Dix-Huit
BLAISE

— Lucinda Taylor.
— Présente.
— Blaise Dragon.
— Présent.
— Parfait. Tout le monde est là. Bienvenue au cours d'introduction à la cuisine facile. Bienvenue aux nouveaux venus ici. Je suis Mme Fontenot, votre enseignante au centre communautaire de Lafourche.

Mme Fontenot était une vieille femelle au visage rond et aux cheveux bleuâtres, avec des yeux ronds et un grand sourire. Elle semblait très gentille.

Conseillé par Cherry, j'avais décidé de suivre un cours pour apprendre à cuisiner. J'espérais ainsi prouver à Chyna que j'étais digne d'être son compagnon. Nous étions six élèves en tout dans la classe.

— Lorsque vous aurez lu les consignes de sécurité, allez vous placer devant une plaque électrique et commencez à découvrir vos ustensiles, indiqua Mme Fontenot.

— Je veux être à côté du bodybuilder, déclara une femelle blonde et mince en me faisant un clin d'œil.

Je regardai derrière moi, pensant qu'elle s'adressait à quelqu'un d'autre, mais il n'y avait personne. Elle devait parler de moi.

Lorsque je la regardai par-dessus mon épaule, elle me fit un nouveau clin d'œil.

Mme Fontenot nous donna les instructions pour préparer des pancakes, puis nous passâmes à la pratique. J'étais assez confiant. Terminé, les toasts brûlés et les œufs pas assez cuits pour ma compagne. Je pourrais bientôt lui préparer d'excellents petits-déjeuners. Enfin, si j'arrivais à la convaincre de rester jusqu'au matin.

— Alors mon grand, qu'est-ce qui t'amène dans un cours de cuisine ? demanda la grande blonde en se tenant un peu trop près de moi.

— J'apprends à cuisiner pour ma com— ma copine.

— Mince, dit-elle avec une moue déçue. Les mecs bien sont toujours pris.

Le mâle assis à côté de moi me donna un coup de coude.

— Mon pote, je suis célibataire, souffla-t-il. Change de place avec moi.

Je m'exécutai volontiers. Il se mit immédiatement à se présenter à la blonde :

— Salut, je m'appelle Jorge. Je travaille dans la vente. J'aime bien suivre ce genre de cours pour faire de nouvelles rencontres. Et je dois dire que tu es une des personnes les plus intéressantes que j'aie rencontré depuis longtemps. Tu habites dans le coin ?

Je grimaçai. Clairement, Jorge n'était pas à l'aise avec les femelles. Je me concentrai sur la préparation devant moi. Je mis un peu d'huile dans la poêle et attendis qu'elle chauffe. Ce n'était pas si difficile. Pendant plus de quatre-vingts ans, j'avais mangé des plats tous préparés ou je me faisais livrer. J'avais hâte de surprendre ma compagne avec un délicieux repas.

Je versai la pâte dans la poêle tout en observant Jorge du coin de l'œil. Il semblait savoir ce qu'il faisait, et je soupçonnais que ce n'était pas son premier cours de cuisine. Si Jorge pouvait préparer des pancakes, moi aussi.

— Regarde ça, dit-il en soulevant sa poêle de la plaque chaude.

D'un petit mouvement du poignet, il fit sauter le pancake en l'air, qui se retourna avant de retomber dans la poêle.

— Wow, c'était génial ! s'exclama la blonde en ouvrant de grands yeux.

La femelle semblait impressionnée par la démonstration de Jorge. Je pouvais faire ça.

Si un simple humain pouvait retourner un pancake dans les airs, moi aussi. Je ne pris aucun risque, et m'assurai que le pancake n'était pas accroché à la poêle avec ma spatule avant de donner un petit tour de poignet. Le résultat fut parfait. Le pancake se souleva deux fois plus haut que celui de Jorge. Je souris fièrement. Finalement, j'aimais bien cuisiner.

Je reçus même un chœur de petits cris impressionnés de la part des autres élèves. Des murmures d'admiration. Du moins je le croyais, jusqu'à ce que je réalise que le pancake n'était pas retombé dans la poêle. Je levai la tête pour le repérer, et découvris Mme Fontenot devant moi, les mains sur les hanches, avec de la pâte à pancake qui lui dégoulinait du crâne. Mon pancake était posé au sommet de sa tête comme un chapeau.

Tandis que je me demandais comment réagir dans cette situation, je commençai à sentir une odeur de brûlé. Je n'étais pas sûr de la meilleure conduite à tenir. Devais-je la nettoyer ? Oui, probablement. Je me penchai pour retirer le pancake de son crâne, et l'odeur de brûlé s'intensifia. Quelqu'un était en train de faire cramer son pancake. Lorsque des volutes de fumée noire apparurent devant moi, je compris que cette personne, c'était *moi*. Mon tablier avait pris feu.

Ce n'était pas la fin du monde. Je pouvais éteindre un incendie, et mes blessures guériraient en quelques minutes si jamais je me brûlais. Je tapai sur les flammes et les étouffai. Tout aurait pu en rester là si le départ de feu n'avait pas déclenché l'alarme incendie et les arrosages de sécurité.

Tout le monde se mit à crier. Les jets d'eau détruisirent tous les pancakes et trempèrent mes camarades. Mme Fontenot, dégoulinante d'eau, me lança un regard assassin en essuyant les restes de pancakes qui avaient coulé sur son visage et me montra la porte.

———

Je rentrai plus tard que prévu. Après avoir été exclu du cours de cuisine, j'avais passé un peu de temps à voler pour essayer de me calmer. En approchant de mon château, je sentis que Chyna m'attendait. Elle était venue me visiter un soir sur deux la première semaine, puis tous les soirs de la semaine dernière. Elle ne restait jamais dormir, et elle ne me laissait jamais la ramener chez elle sur mon dos. Elle ignorait que chaque soir, je la suivais haut dans le ciel pour m'assurer qu'elle rentrait chez elle en toute sécurité.

Elle pouvait rentrer sans m'attendre, mais je savais qu'elle ne le ferait pas. Ce serait franchir une des limites qu'elle n'était pas prête à dépasser.

Mon moral s'améliora légèrement dès que j'approchai de chez moi. Je pouvais déjà sentir Chyna, son odeur de brownie à la vanille. Je passais mes journées dans l'attente de la retrouver chaque soir.

Je voulais plus que notre relation actuelle, mais j'ignorais comment l'obtenir. Chyna était impénétrable. J'avais beau menacer et supplier, elle refusait de céder. Pas de nuit ensemble. Pas de sentiments. Pas de câlins. Juste du sexe. Si je la serrais trop longtemps contre moi, elle me repoussait comme si j'étais une vieille chaussette sale.

Je ne comprenais pas, pas plus que mon dragon. Mais faute d'avoir le choix, j'acceptais. Je me soumettais complètement à Chyna, suivais ses règles, simplement pour profiter un peu de sa présence chaque jour. Ça n'aurait peut-être pas été si terrible si j'avais eu l'impression qu'elle tenait au moins un peu à moi.

J'atterris et me transformai. Au lieu d'aller rejoindre Chyna nu comme je l'aurais fait d'ordinaire, j'entrai par le côté de la maison et passai un jean avant d'aller la retrouver sur la terrasse et de m'asseoir en face d'elle dans un des fauteuils qui tenait encore debout. Je devrais remplacer ceux que Remy et moi avions détruits. En fait, en regardant autour de moi, je pris conscience pour la première fois de l'état déplorable des lieux. J'avais essayé d'apprendre à cuisiner, ce qui s'était soldé par un échec. Peut-être pourrais-je apprendre à nettoyer...

Il m'était douloureux d'être aussi près de Chyna sans la toucher, mais je me sentais un peu amer. J'avais passé une mauvaise journée. J'évitai son regard.

— Où étais-tu ? D'habitude, tu es là quand j'arrive, dit Chyna d'une petite voix calme.

— J'étais sorti, répondis-je en soupirant. Comment était ta journée ?

— Tu étais avec une autre ? Tu sens le parfum.

La colère qu'elle tentait de masquer m'apaisa. Je levai enfin les yeux vers elle. Elle était aussi sublime que d'habitude, avec sa chevelure épaisse ramenée sur une épaule. Je lus de la colère dans son regard, et de la tristesse. Cette vision ne m'apaisa pas du tout.

— J'étais en ville.

— Tu t'es bien amusé, on dirait, dit-elle en s'affaissant dans le fauteuil et en fixant le marais.

— Tu aurais pu m'accompagner. On pourrait y aller ensemble une autre fois.

— Blaise...

Je me levai et marchai en direction de la maison.

— Oui, je sais. Juste du sexe. Je t'en prie. Je n'ai pas envie de te forcer à me parler.

— Bordel, c'est quoi ton problème ? s'exclama Chyna en m'emboîtant le pas.

— Tu sais très bien quel est mon problème.

— Très bien. Tu veux parler ? Allons-y, dit-elle en enjambant une pile de vêtements déchirés que je devais jeter. Je ne suis pas de très bonne humeur. Je ne sais pas vraiment pourquoi je suis venue ici.

— Parce que tu es ma compagne. Peu importe à quel point tu luttes, nous avons besoin l'un de l'autre.

— Tu ne respectes pas les règles, Blaise.

— Les règles que tu es la seule à instaurer, lâchai-je, avant de passer les mains sur mon visage.

Je décidai de laisser tomber le sujet et lui demandai plutôt :

— Pourquoi as-tu passé une mauvaise journée ?

— J'ai appris pour mon voisin.

Je me rassis dans le fauteuil en soupirant. Elle allait probablement m'en vouloir pour ça aussi.

— Oui ? demandai-je.

— Je n'arrive pas à croire que c'est lui qui avait répandu de l'essence. Je devrais porter plainte. Si ma petite cabane au fond de son immense terrain lui posait un si gros problème, il n'avait qu'à me demander de la déplacer. Il n'était pas obligé d'essayer de la faire brûler.

— Il a failli te tuer, grondai-je.

— Il me semble que tu le lui aies fait amèrement regretter ; encore plus qu'il ne le regrettait déjà, dit-elle avec un petit sourire triste. Que s'est-il passé ?

— J'ai suivi l'odeur d'essence jusqu'à chez lui, et nous avons eu une longue discussion sur ce qu'il avait fait. Je l'ai laissé vivre uniquement parce qu'il ne voulait pas te blesser.

— Blaise !

— Quoi ? demandai-je avec un haussement d'épaule. C'est la vérité. Tu préférerais que je mente ? Si son intention avait été de te blesser, je l'aurais tué.

— Tu ne devrais probablement pas le dire à voix haute.

— Pourquoi pas ? Penses-tu vraiment que vos prisons minables pourraient retenir un dragon s'il ne veut pas être enfermé ? demandai-je en bombant le torse. Aucune chance.

— Il y a autre chose, dit-elle en évitant mon regard.

— Il a tenté quelque chose ? demandai-je en m'avançant, prêt à me précipiter jusqu'à la petite maison merdique de son voisin.

— Non, non. C'est... J'ai eu une proposition d'emploi. En Floride. Je ne serai pas là pendant quelques mois.

Chapitre Dix-Neuf
CHYNA

Si je m'étais attendue à ce que Blaise explose, je fus cruellement déçue. Il soutint mon regard pendant près d'une minute, puis se leva. Il alla chercher une flasque dans le réfrigérateur de la cuisine et acquiesça pour lui-même.

— Alors ?

Il éclata de rire, même si je savais qu'il ne trouvait rien de tout ça drôle.

— Alors quoi ?

— Tu ne vas rien dire ?

— Et qu'aimerais-tu que je dise, Chyna ? demanda-t-il en s'affalant dans le canapé avant de boire une longue lampée de la flasque qui contenait du breuvage d'Armand, la seule chose qui pouvait enivrer un dragon.

Que voulais-je entendre, en fait ? Tout. Je voulais qu'il se dispute avec moi, qu'il se batte pour moi. J'avais bien conscience que ça n'avait aucun sens. Après tout, c'était moi qui avais édicté les règles auxquelles nous nous tenions. Je l'avais repoussé, lui avais imposé de rester à distance, à part pour me faire l'amour — pour coucher avec moi — peu importe. Ces deux dernières semaines, le quitter chaque soir avait été de plus en plus dur. Blaise n'était pas simplement une passade ou un béguin. Je ressentais pour lui des émotions bien plus permanentes, qu'il fallait que je tire au clair.

Dans tous les cas, je voulais qu'il se batte. Les choses n'avançaient pas depuis des semaines. Nous avions eu quelques petits accrochages, mais je le tenais à une telle distance que nous n'avions pas beaucoup de raisons de nous disputer, pour le peu de temps que nous passions ensemble. Mais cette nuit, je me sentais explosive. Je voulais le voir en colère. Je voulais le pousser, jusqu'à ce qu'il montre des émotions.

Arriver chez lui et ne pas le trouver là m'avait mise de très mauvaise humeur, sans que je me l'explique ; puis sentir une odeur de parfum sur lui m'avait rendue folle de rage, sans comprendre non plus pourquoi.

— Je suis bien contente de partir. Nous avons tous les deux besoin d'espace.

Blaise serra les poing, mais son visage resta calme.

— Si tu t'attends à ce que je sois heureux que tu partes, tu vas être déçue.

— Tu auras plus de temps libre. Tu pourrais peut-être engager une vraie femme de ménage.

— Je m'en sortirai sans.

— Oh, vraiment ? Tu comptes trouver une autre compagne, une qui acceptera de passer derrière toi ?

J'eus honte au moment où je prononçais ces mots. Je ne comprenais vraiment pas ce qui n'allait pas chez moi. J'avais l'impression d'être devenue une autre personne depuis que j'avais rencontré Blaise dans ce bar. J'étais irritable et méprisante, et j'avais réussi à faire fuir tous mes amis, du moins pour le moment. Je savais qu'ils reviendraient vers moi lorsque je serais redevenue moi-même, mais je n'étais même pas sûre de vouloir les retrouver. C'était dire à quel point je me sentais étrangère à moi-même.

— Je ne peux pas trouver d'autre compagne. Il n'y a qu'une seule compagne pour moi. Une seule reine.

— Et ce serait moi ta véritable compagne, qui est censée faire la cuisine et nettoyer pour toi, raillai-je sans pouvoir m'arrêter.

— Je suis fatigué, Chyna. Je n'ai pas l'énergie pour me disputer avec toi ce soir.

— Qu'est-ce qui ne va pas ? demandai-je sans pouvoir m'en empêcher.

L'idée qu'il ait un problème me perturbait profondément.

— Rien qui t'intéressera, répondit-il avant de pousser un long soupir. Quand pars-tu ?

— Je... Je ne sais pas.

Je n'avais pas encore accepté l'offre. J'avais beau me répéter de l'accepter, quelque chose me retenait. Quelque chose d'énorme. Gros comme un dragon.

— En tout cas, je suis sûr que Cherry sera malheureuse de te quitter. Surtout alors qu'elle est sur le point de mettre bas.

Je me levai et fis les cent pas dans la cuisine.

— Et toi ?

— Quoi, moi ?

— Tu seras triste de me voir partir ?

Blaise me suivit et passa ses bras autour de ma taille.

— Triste ? Je me demande comment j'y survivrai.

— Je suis sérieuse, dis-je en me tournant pour lui faire face.

— Moi aussi, répondit-il en soutenant mon regard.

Je voulus lui dire que j'étais désolée. Je l'avais fait souffrir à plus d'une reprise, et je le savais. Je le sentais. Je pouvais sentir qu'il se retenait de me demander de rester ici.

— Écoute, toute cette histoire... C'est n'importe quoi.

Blaise sembla s'affaisser, mais il se força à sourire.

— Je ne sais pas ce que tu attends de moi, murmura-t-il.

— Il vaudrait peut-être mieux que je rentre chez moi.

— Fais tout ce que tu veux, Chyna, dit-il en haussant les épaules. Si tu t'en vas, je vais sortir.

— Où vas-tu ?

— Dehors.

— Tu retournes dans un bar ?

Blaise me prit délicatement le poignet et porta ma main à sa bouche, puis embrassa tendrement ma paume. Son contact me provoqua de délicieux frissons. Il garda ma main contre sa bouche quelques secondes avant de la lâcher.

— Je veux que tu sois heureuse, dit-il.

Je voulus lui demander ce qu'il voulait dire, mais il tourna les talons et sortit de la maison avant que je puisse interpréter ses mots. Je ressentis une profonde tristesse émaner de lui par vagues. Je lui courus après, mais il s'était déjà envolé lorsque j'arrivai dehors. Le cœur lourd, je le regardai s'éloigner.

Je devais m'en aller. Je ne pouvais pas continuer à torturer Blaise ainsi, à nous faire souffrir tous les deux. Ce poste en Floride m'éloignerait de tout ça. Avec suffisamment de distance, je pourrais faire mon deuil. Passer du temps loin de l'autre nous faciliterait les choses à tous les deux.

Je ne savais pas comment j'y parviendrais. J'avais réussi à ne pas perdre totalement la boule seulement parce que je voyais Blaise tous les jours. Mais ce que je ressentais pour lui n'avait rien de normal. Je ne pouvais pas oublier qui j'étais pour un homme. Je refusais de faire l'erreur que j'avais vu tant d'autres femmes commettre. Je m'étais retrouvée en foyer avec tant d'enfants dont les mères avaient fait la même erreur. Ma mère en faisait partie.

Même si je rêvais d'être avec Blaise, je ne pouvais pas me laisser berner. Je devais m'en aller.

Chapitre Vingt
CHYNA

Les Everglades de Floride étaient magnifiques, mais pas assez pour me faire oublier Blaise. Grâce au travail et en limitant mes appels à Cherry, j'étais parvenue à l'évincer totalement de ma vie. Je ne le voyais plus, je ne fréquentais personne qui le connaissait, et après lui avoir raccroché au nez quelques fois, Cherry n'en parla plus. J'aurais dû aller bien. Cela faisait presque deux semaines. Deux très longues semaines, au cours desquelles je m'étais plongée dans le travail et j'avais visité le sud de la Floride. J'aurais dû m'amuser et profiter de cette expérience unique, ou au moins me concentrer sur les graines que je tentais de faire germer.

J'habitais à quelques pas de la plage et à moins de cinq minutes d'un bar très accueillant. J'étais entourée de scientifiques et de beaux surfeurs. Et pourtant, je n'arrivais à penser qu'à Blaise. Lorsque je voyais une grue prendre son envol, je pensais à lui. Ou lorsque je voyais un couple marcher dans la rue. Ou lorsque je rentrais dans ma chambre d'hôtel le soir et constatais que l'équipe de nettoyage était passée.

C'était dingue. Je ressentais une tristesse intense, similaire à celle que j'avais ressentie lorsque Cherry et moi avions perdu notre mère. Je trouvais déplacé de comparer la perte d'un homme à la mort de notre mère, mais c'était bien ce que ressentait mon cœur. J'avais fait mon possible pour garder Blaise à distance pendant nos quelques semaines ensemble, mais il avait réussi à entrer dans mon cœur. Je nous avais à peine permis de discuter, mais c'était tout de même arrivé. Bien sûr.

Les petites conversations que nous avions échangées en nous déshabillant ou en nous rhabillant me tournaient dans la tête, et je n'arrêtais pas d'entendre sa voix en train de me dire que j'étais belle, ou qu'il savait que j'avais passé une bonne journée parce que j'avais été plus excitée. Il m'avait accordé tant d'attention pendant tout ce temps que je m'étais sentie spéciale, aimée. Savoir ce qu'il ressentait lorsqu'il me regardait juste avant que nous jouissions ensemble, son regard empli d'amour et de tendresse... Ces souvenirs comblaient les longues heures que je passais seule la nuit. Au lieu de dormir, je fixais le plafond de la chambre et j'écoutais les voitures passer sur l'autoroute près de l'hôtel en pensant à Blaise, et en me demandant ce qu'il était en train de faire.

Il était toujours auprès de moi. Il pensait que j'ignorais qu'il volait au-dessus de moi lorsque j'insistais pour rentrer seule. Je pouvais le sentir, sentir qu'il tenait à s'assurer que je rentrais chez moi en sécurité. Il restait dans les parages encore quelques minutes le temps que je me mette au lit, puis il repartait. Et il avait menacé mon voisin pour moi. Ce n'était pas logique de lui dire que je ne voulais pas qu'il me contrôle, puis de trouver tous ces actes charmants. Mais je savais qu'il ne cherchait pas à me contrôler en se comportant ainsi. En fait... il prenait soin de moi.

Je ne le sentais plus depuis que j'avais quitté la région. J'étais sortie la nuit. J'étais allée me promener seule sur la plage. J'avais même été dans un bar et laissé un homme me draguer, mais toujours aucun signe de lui. Je n'avais pas senti sa jalousie ou sa douleur. Rien. Il m'avait laissée partir. J'avais dit que c'était ce que je souhaitais, mais maintenant que j'y étais, je n'étais pas heureuse.

Au lieu de rester cloîtrée chez moi à me taper la tête contre un mur, je travaillais deux fois plus et traitais mes plantes comme mes enfants. Je leur parlais, leur chantais des chansons ; je leur faisais même la lecture. À vrai dire, j'étais presque sûre que mes collègues pensaient que j'étais dingue. Même les plantes devaient me trouver étouffante. Elles ne se portaient pas aussi bien qu'elles l'auraient dû, alors qu'une spécialiste réputée s'en occupait.

On aurait dit qu'elles pouvaient sentir mon état fébrile. J'avais beau leur chanter des chansons joyeuses, elles restaient fluettes et se mouraient lentement. Je n'avais jamais connu pareil échec. Je ne fus pas surprise lorsque l'équipe qui m'avait engagée m'expliqua gentiment qu'elle n'avait plus besoin de mes services.

Ce n'était pas grave. Je trouverais d'autres postes ; une expérience négative ne ternirait pas ma réputation. Mais je me sentis encore plus mal. J'avais l'impression d'échouer dans tous les aspects de ma vie.

Je n'avais pas envie de rentrer chez moi pour tuer mes propres plantes, aussi je restai dans l'hôtel quelques jours de plus. Je n'avais pas de raison de rentrer chez moi. Je savais que je me jetterais dans les bras de Blaise. J'espérais qu'avec encore un peu de temps, j'arriverais à le sortir de ma tête.

J'étais en train de m'apitoyer sur mon sort lorsque Cherry m'appela.

— Ton neveu ne me laisse pas un instant de répit.

— Comment vas-tu ? demandai-je, attendrie.

— Je suis misérable. Je suis épuisée, j'ai envie de dormir tout le temps. Et ces derniers temps, j'ai commencé à remarquer les enfants qui viennent à la bibliothèque. Pas les enfants sages. Je remarque les caprices, les pages déchirées, lorsqu'ils répondent à leurs parents. Et si mon fils était un petit diable ? Et s'il ressemblait à ces sales gosses qui hurlent dans ma bibliothèque ?

— Je doute que Cezar et toi puissiez faire un petit diable. Vous êtes tous les deux gentils et doux, répondis-je en riant. Mais je crois que je peux t'imaginer en train de courir après ton gosse dans cette grande baraque.

— Ne me porte pas la poisse.

— Quoi, tu ne penses pas que ce serait marrant ?

— Non, répondit Cherry avec un rire sarcastique. Et toi non plus, ça ne t'amusera pas quand tu le garderas.

— Il, ou elle. Je ne t'ai pas reprise tout à l'heure, mais je pourrais aussi avoir une nièce.

— Pas de chance, sœurette. Cezar est aux anges. Notre petit bout est un garçon.

Je m'assis, oubliant ma déprime sur-le-champ.

— Quoi ? Tu connais le sexe du bébé ? Pourquoi ne m'as-tu rien dit ? Pourquoi ne pas m'avoir donné la date du rendez-vous ?

— Je n'ai pas passé d'échographie. Les dragons et leur odorat surdéveloppé peuvent le déterminer, répondit-elle, avant d'hésiter à poursuivre. Et si je ne te l'ai pas dit plus tôt, c'est parce que je ne pensais pas que ça t'intéressait.

— Cherry, bien sûr que ça m'intéresse !

— C'est ce que tu dis, Chyna, mais tu as été si énervée dernièrement. Tu es cassante avec tout le monde, et je vois bien que tu es triste. Je peux le sentir. Nous ne sommes pas des dragons ou liées comme le sont des compagnons, mais nous sommes jumelles. Je ressens ta peine. Je ne voulais pas en parler...

Je levai la tête et fixai mon reflet dans le miroir. J'avais de grosses poches sous les yeux. J'avais perdu du poids, et mes cheveux étaient ternes. J'avais vraiment mauvaise mine. Pas étonnant que tout le monde soit au courant.

Mes yeux se remplirent de larmes. Ma sœur s'était retenue de partager une bonne nouvelle parce qu'elle pensait que je serais trop déprimée pour me réjouir pour elle.

— Je suis désolée, Cherry, dis-je d'une voix tremblante.

— Arrête ça, m'admonesta-t-elle, sa propre voix étranglée. Tu n'as pas à t'excuser. Tu n'as rien fait de terrible. Il faut que tu rentres à la maison. Je sais que tu travailles, mais tu es en train de faire une erreur. Et je pense que tu le sais.

— Hum, en fait, je viens de finir mon contrat, répondis-je en m'essuyant les yeux. Je compte rentrer bientôt.

— Comme demain ?

— Ouais, je pense.

— Tant mieux. Tu me manques.

— Tu me manques aussi, dis-je en me levant et en sortant ma valise du placard. On se voit bientôt, d'accord ?

— Et on discutera à ce moment-là, alors ? insista-t-elle. De Blaise ?

Je ne voulais rien promettre. Je ne savais pas où j'en étais.

— Peut-être, lâchai-je.

— Je prends ça pour un oui.

Chapitre Vingt-Et-Un
BLAISE

Je fourrai un des burgers que nous venions de préparer dans ma bouche et retirai le tablier que Cezar m'avait prêté puis le posai sur son comptoir.

Chyna me manquait atrocement, mais je m'occupais en suivant toutes les leçons que me prodiguaient Cezar, Cherry et les nouveaux enfants adoptifs de Beast. Des cours de cuisine, de nettoyage… J'apprenais même à suivre des ordres. Ça n'aurait pas été si terrible si je n'avais pas douté que ça m'aide à séduire ma compagne pour autant.

— Quand comptes-tu lui dire que tu prends des cours de tâches domestiques ? demanda Cezar.

— De tâches domestiques ?

— Tu apprends à cuisiner et à nettoyer. Tu sais déjà préparer trois plats différents, et tu as enfin appris à te servir d'une machine à laver.

— Continue de me parler comme si j'étais un enfant, et je vais te faire rôtir.

— Ouh-là, quelqu'un n'a pas fait sa sieste.

— Vieux lézard, grinçai-je.

— C'est ça. Allez, à demain, dit-il en riant, avant de laisser échapper un sifflement admiratif en voyant Cherry entrer dans la cuisine, marchant avec difficulté. Voici ma belle compagne.

— Ça sent trop bon, je voulais goûter, dit-elle en souriant.

— J'étais sur le point d'y aller, dis-je.

— Tu devrais lui dire ce que tu es en train de faire, Blaise, dit Cherry en posant la main sur mon bras, ce qui tira un grondement à Cezar jusqu'à ce qu'elle la retire en souriant. Elle est têtue, continua-t-elle, mais je pense que ça aiderait si elle apprenait que tu fais tout ça pour elle.

— C'est trop tôt.

— J'aimerais bien que tu lui dises quand même. Ou que tu me laisses lui dire.

— Tu as promis.

— Très bien, soupira-t-elle en levant les mains. Motus et bouche cousue.

— Ta bouche est délicieuse, dit Cezar en déposant un baiser sur les lèvres de sa compagne.

Je laissai les tourtereaux dans leur maison du bonheur et pris mon envol.

———

Je fis un pas en arrière pour admirer le nouveau mur que je venais de monter, puis bus une longue gorgée d'une flasque contenant du breuvage d'Armand en acquiesçant, satisfait du résultat. Bien sûr que j'avais fait du bon travail. Après tout, c'était moi qui avais construit ce château. Mais je n'avais jamais été trop porté sur les réparations. J'étais plutôt du genre à détruire et racheter du neuf. Mais les choses changeaient, semblait-il. Certaines choses, du moins.

Je regardai autour de moi. Toute la maison était propre. Le dîner était prêt et refroidissait sur le comptoir. Je prenais soin de moi. Je faisais tout ce que j'avais attendu qu'une compagne fasse pour moi pendant un siècle. Ce n'était pas difficile. J'ignorais pourquoi j'avais pensé que ce serait si terrible. J'avais aussi constaté qu'il était plus facile de garder une maison rangée en le faisant régulièrement. Et j'aimais la propreté. La maison avait meilleure allure, et je ne trébuchais plus constamment sur des piles de poubelles ou de vêtements. J'avais même installé une machine à laver et un sèche-linge.

Mais tout ça était vain. Pourquoi me donner tout ce mal pour devenir ce que je pensais que Chyna voulait, alors qu'elle ne changerait pas d'avis ? Elle ne voulait pas de moi. Elle ne voudrait jamais de moi. Alors, quel intérêt ?

Je bus une autre longue gorgée et allai m'installer sur ma nouvelle pelouse, sur une de mes nouvelles chaises de jardin. Elles étaient assorties à la table que j'avais construite pour la terrasse. Une plante en pot trônait au milieu de la table, un cadeau de Cherry.

— Tu as de la chance que je ne sois pas un ennemi.

Je jetai un regard en coin à Remy et haussai les épaules.

— Tu appelles ça de la chance ; je ne suis pas sûr d'être d'accord. Un combat me ferait du bien.

— Allons, mon frère, ça ne peut pas être si terrible, dit-il en s'installant nu sur une des chaises.

Je fis une note mentale de la brûler par la suite.

— Non, c'est pire.

— Va la chercher, alors. Fais quelque chose. N'importe quoi, plutôt que de continuer comme ça.

— J'ai appris à cuisiner et à nettoyer. Où est le problème ? Et j'ai aussi réparé les dégâts que tu as fait à mon château, ajoutai-je en pointant le mur fraîchement reconstruit.

— Je n'ai pas fait ça tout seul. Pourquoi avoir appris toutes ces compétences si tu ne comptes pas essayer d'impression ta compagne avec ? demanda-t-il, les sourcils froncés.

— Elle est partie. J'aimerais bien que tout le monde arrête de m'en parler.

— Ce n'est pas ce que j'ai entendu dire. Il paraît qu'elle revient bientôt. Son contrat s'est terminé.

— Aucune importance. Elle me rejette, de toute manière, dis-je, le cœur lourd.

— Alors, fais en sorte que ça change.

— Ce n'est pas si simple, il semblerait.

— Tu es bien sûr qu'elle est ta compagne, si elle ne partage pas tes sentiments ?

— Elle est ma compagne, grondai-je, immédiatement furieux.

— D'accord, d'accord, dit-il en levant les mains. Alors, tu vas juste la laisser partir ?

— N'était-ce pas toi qui me disais il n'y a pas si longtemps de ne pas la garder ici contre sa volonté ? Qui me comparais à notre père ?

— Tu n'es pas comme notre père, Blaise. Pas plus que moi. Et si nous avions le moindre doute avant, je pense que ce que je vais te dire devrait y remédier.

— Comment ça ?

Remy me prit la flasque des mains et but longuement avant de poursuivre :

— La raison pour laquelle je pense que Mère n'était pas la vraie compagne de Père ? Je les ai vus une fois...

Je m'assis plus droit en décelant la douleur dans la voix de mon frère.

— Comment ça, tu les as vus ?

— Je les ai vus au lit. Par accident. J'étais si jeune à l'époque, je n'ai pas compris ce que j'ai vu, bien sûr. Je n'ai vraiment compris ce à quoi j'avais assisté que bien plus tard, et après avoir passé de nombreuses années dans le nouveau monde. Ce qu'il faisait... ce n'était pas... Elle ne voulait pas.

— Que dis-tu ? demandai-je, la boule au ventre.

— Il... l'utilisait. Il prenait ce qu'il voulait, sans aucune considération pour elle. Elle ne résistait pas, pas vraiment... mais il était clair qu'elle n'appréciait pas ce qui se passait. Je l'ai bien compris maintenant. À l'époque, la scène m'avait dérangé, mais je pensais que c'était parce que j'avais assisté à quelque chose qui ne me regardait pas. Je ne suis plus si naïf. Si elle avait été sa compagne, je ne pense pas qu'il aurait pu la forcer de la sorte. Il n'aurait pas pu lui faire une chose pareille, soupira-t-il. Elle en aurait eu envie. Essaie de te souvenir. Te rappelles-tu l'avoir déjà vue le désirer, ou l'aimer ? Elle avait constamment l'air terrorisée.

— Mais alors, pourquoi aurait-elle quitté sa famille pour le rejoindre dans son château ?

— Tu penses vraiment qu'elle a eu le choix ?

Je me levai et marchai vers l'eau. Un alligator glissait juste sous la surface verte du marais, ne laissant dépasser que ses yeux.

— J'ai toujours pensé qu'elle était sa compagne. Je ne l'ai jamais remis en question, dis-je après avoir réfléchi.

— Ça m'a pris un moment. Mais depuis que je vois comment Beast et Cezar se comportent avec leurs compagnes, comment ils prennent soin d'elles... Rien à voir avec la manière dont Père traitait Mère. Tu les as vus, toi aussi. Peux-tu imaginer un seul instant Cezar ou Beast porter la main sur sa compagne ? Ils ne leur feraient jamais le moindre mal. Et ce n'est pas simplement parce qu'ils viennent de royaumes plus modernes que le nôtre, Blaise. Même si nous ne comprenions pas à l'époque, ou que nous n'avions pas les mots pour le décrire, c'était de la maltraitance.

— C'est tout ce que nous avons connu. Comment pourrons-nous jamais être dignes de nos compagnes ?

— Tu t'adresses à un célibataire. Je n'en sais foutre rien.

— *Foutre rien* ? répétai-je en levant un sourcil.

— C'est une expression humaine. Sky me l'a apprise, dit-il avec un sourire. Ça veut dire que je n'en sais rien du tout. Mais en tout cas, je pense qu'il est naturel de s'adapter pour plaire à sa compagne. Beast était un barbare avant de connaître Sky, et maintenant il prend soin d'elle comme si elle était le trésor le plus précieux au monde. Elle lui donne des ordres, et ça ne le dérange pas.

J'avais observé le changement chez Beast, comme nous tous. Cezar n'avait pas autant changé, mais il était beaucoup moins rustre et beaucoup plus diplomate que Beast à l'origine.

— Cherry aussi. Elle donne des ordres à Cezar. Et il fait tout ce qu'elle lui demande. J'imagine que je pensais qu'il agissait ainsi parce qu'il venait d'un royaume faible.

— Apparemment pas. Notre royaume avait la réputation d'être arriéré et tyrannique. Si tu demandes aux autres dragons, ils te diront tous qu'il était cruel et fasciste. Et ils ont raison, continua-t-il après avoir poussé un gros soupir. Nous avions tort, mon frère.

Je me passai la main sur le visage et fermai les yeux.

— Elle serait peut-être restée si je m'étais comporté autrement.

— Mais tu as changé maintenant, n'est-ce pas ?

— Je ne sais pas si j'ai vraiment changé. Je ne pourrais jamais lever la main sur Chyna, mais c'était déjà le cas avant. Je préférerais qu'on m'arrache le bras plutôt que lui faire du mal. Je préférerais mourir plutôt que toucher un seul de ses cheveux.

— Et tu as appris à cuisiner et à nettoyer pour elle.

— Mais au fond, rien de tout ça n'a d'importance. Elle ne veut pas se lier à moi. Elle veut s'accoupler avec moi, mais c'est tout. Et encore, elle ne semble pas tant le désirer, sinon elle ne serait pas partie. Elle a probablement trouvé un autre partenaire.

— Rien que cette idée te fait souffrir, hein ? demanda Remy en riant.

Je gémis sans répondre.

— Bats-toi pour elle. Si elle est vraiment ta compagne, vous êtes faits l'un pour l'autre. Donc les choses finiront par s'arranger. Ta compagne est l'être parfait pour toi, mon frère. La seule. Comptes-tu vraiment la laisser partir ?

— Et que devrais-je faire, Remy ? L'attacher à mon lit ?

— Je ne pense pas que ce soit la solution. Mais il n'est pas trop tard pour y réfléchir. Elle va revenir. Réfléchis bien, mon frère.

Je lançai un regard assassin à mon jumeau. Si seulement c'était si simple.

Chapitre Vingt-Deux
CHYNA

J'avais vraiment un gros problème. À la sortie de l'aéroport, j'avais prévu d'aller directement visiter Cherry. Mais au lieu de ça, j'étais rentrée chez moi et j'avais pris mon bateau. Je portais toujours la même tenue que la veille. J'avais besoin d'une douche et de vêtements propres, et pourtant, je naviguais à toute vitesse vers le château de Blaise. J'avais besoin de le voir. Je ne pouvais pas rester loin de lui plus longtemps.

J'ignorais ce que j'allais lui dire. Je n'avais *rien* à dire. Rien n'avait changé. Mais mon Dieu, j'avais besoin de le voir.

Je remarquai les améliorations apportées au château de Blaise dès que sa maison fut en vue. Tout semblait rangé et propre. De nouvelles chaises et une table étaient installées sur la terrasse. Il y avait même une plante. Une *plante*. J'amarrai mon bateau et traversai le dock. Les parties de mur défoncées avaient été réparées, et celles qui étaient jusqu'alors toujours en construction étaient terminées. Sans trou, la bâtisse était superbe.

Je ralentis à mesure que j'approchai. Je ne savais pas quoi penser de tous ces changements. L'estomac serré, je ne pouvais m'empêcher d'imaginer le pire. Blaise ne sortit pas à ma rencontre. Je frappai à la porte.

Attendre qu'il m'ouvre était une torture. D'un côté, je voulais tourner les talons et fuir, mais je ressentais le désir incontrôlable de le voir. J'avais besoin de savoir qu'il était là, et que rien n'avait changé entre nous. Avait-il déménagé, vendu cet endroit ? Je n'étais partie que quelques jours. Il n'aurait pas fait ça...

Lorsque Blaise ouvrit la porte, je me sentis si soulagée que je me jetai dans ses bras. Je passai les bras autour de son cou et le serrai contre moi. Au bout de quelques instants, je réalisai qu'il ne me rendait pas mon étreinte.

Je me forçai à le lâcher, même si mon corps me suppliait de ne pas rompre le contact entre nous.

— J'ai cru que tu avais déménagé, dis-je avec un sourire forcé. Tout est si différent...

Blaise fit un pas de côté pour me laisser entrer. La maison était méconnaissable. Tout était propre, et ça sentait bon. Les piles de vaisselle, de déchets et de vêtements sales avaient disparu. Une odeur de pâtisserie emplissait la pièce. Mon cœur se serra.

— Que s'est-il passé ? demandai-je en me tournant vers lui. Tu as engagé quelqu'un ?

Il prit une longue inspiration avant de parler.

— Pourquoi es-tu venue ici ?

— Je, je suis juste... Je suis rentrée plus tôt que prévu, et je me suis dit que j'allais passer te voir, bégayai-je.

Il acquiesça et alla s'asseoir sur une chaise.

— Les choses ont changé, Chyna. J'ai changé.

Sa phrase me fit l'effet d'un coup de poing. Elle confirmait mes craintes.

— Tu as rencontré quelqu'un d'autre ? Une autre compagne ? Une qui accepte de nettoyer derrière toi ?

— Non, lâcha-t-il avec un rire sans joie.

— Mais alors... Quoi ? demandai-je en croisant son regard triste. Ce n'était pas si mal, ce qu'il y avait entre nous, non ? On peut continuer comme ça ?

Lorsqu'il secoua la tête, je sentis sa douleur. Ou la mienne, je n'étais pas sûre. Peut-être les deux ?

— Je veux tout ou rien, Chyna. Je ne peux pas continuer comme ça.

Je ne peux pas t'avoir auprès de moi un court instant, et te voir partir ensuite.

— Enfin, je ne peux pas rester tout le temps, Blaise. Ce n'est pas comme ça entre nous, répondis-je en tentant de maîtriser ma voix que j'entendais partir dans les aigus. Je ne veux pas de ce genre de relation.

— Je ne te demanderai pas de cuisiner ou de nettoyer si tu n'en as pas envie. Tu n'es même pas obligée de rester dans mon château. Je suis prêt à faire des compromis. Mais je ne peux pas te laisser continuer à me repousser, à prétendre que je ne suis rien pour toi. Comme si je n'étais rien de plus qu'un moyen de satisfaire tes besoins sexuels. Je mérite mieux.

— Blaise, s'il te plaît, arrête. Ce qu'on fait... Je ne peux pas te proposer mieux.

— Non, dit-il en se levant. Je te veux, plus que tout au monde, Chyna. J'ai besoin de toi. Sans toi, je ne suis que l'ombre de moi-même. Mais je ne peux pas continuer comme tu le souhaites. Je ne peux pas coucher avec toi mais pas te câliner. Ou ne pas avoir de conversations avec toi. Je ne peux pas continuer à te cacher mes sentiments par peur de te faire fuir. Je te veux plus que tout au monde, mais si tu ne peux pas être ma compagne, réellement ma compagne, je devrais trouver un moyen de survivre sans toi. J'y laisserai probablement la vie, en fait.

Y laisser la vie ? J'eus soudain envie de vomir. J'aurais dû être folle de joie ; il venait de me dire tout ce que je rêvais d'entendre. Il n'avait rencontré personne d'autre. Il m'aimait toujours. Mais je n'arrivais pas à m'apaiser. Il me proposait un engagement à vie. Il me présentait une possibilité d'avenir sur un plateau d'argent : une famille, des enfants, la totale. Et j'étais terrifiée.

Et si j'acceptais progressivement de plus en plus de choses jusqu'à ce qu'il me contrôle totalement ? Et si je lui ouvrais mon cœur, et qu'il le piétinait ? C'était ce qui était arrivé à ma mère.

— Blaise, s'il te plaît, suppliai-je en tirant son t-shirt et en ravalant mes larmes. Ne fais pas ça. Ne me force pas à choisir.

— Si tu refuses de me parler, de m'aimer, je ne peux plus continuer. Tu dois partir. C'est trop dur de te voir.

J'ouvris la bouche pour protester, mais aucun son n'en sortit. Le contact des doigts de Blaise contre mon dos était comme une bouée de sauvetage. Je voulais m'abandonner à lui de tout mon être, mais mes pieds firent demi-tour sans que ma tête ne les y autorise. Ils me dirigèrent vers la porte, puis me firent sortir dehors.

Lorsque je me retournai, Blaise était déjà en train de refermer la porte.

— Attends, Blaise, attends une seconde. J'ai besoin d'une seconde.

— Rentre chez toi, Chyna, soupira-t-il. Ou va voir ta sœur. Tu lui manques.

La porte se referma et je restai sur place, consumée par ma douleur. J'ignorais comment je tenais encore debout. Je voulais être furieuse contre lui. Je voulais défoncer sa porte et le provoquer jusqu'à ce que nous nous battions. Mais je pouvais sentir sa douleur ajoutée à la mienne. Il était anéanti parce que j'étais partie. Si j'étais vraiment sincère, c'était bien ce qui s'était passé. J'étais partie, pas l'inverse. Je n'avais jamais accepté de m'investir. Il m'avait donné de nombreuses opportunités d'être avec lui, avait fait de nombreux efforts pour nous. Si nous en étions là, c'était ma faute.

Je finis par tituber jusqu'à mon bateau, la vue obscurcie par mes larmes. Je rentrai chez moi pour récupérer mes clés de voiture et me dirigeai vers chez Cherry. J'avais besoin de ma sœur.

Chapitre Vingt-Trois
CHYNA

— Chyna, tu es rentrée ! s'exclama joyeusement Cherry en ouvrant la porte, avant de remarquer mon visage. Tu pleures.

Je me jetai dans ses bras, son gros ventre rond pressé contre le mien. Je m'étais mise à sangloter sur le chemin, et je ne semblais pas en mesure de cesser.

— Je suis paumée, pleurai-je.

— Viens, entre. Viens t'installer sur le canapé et raconte-moi tout, d'accord ?

Elle me guida à l'intérieur, mais j'avais déjà ouvert les vannes.

— Je suis malheureuse. J'ai essayé de lutter contre ce que je ressens pour Blaise, mais je n'y arrive pas. Je suis allée le voir, et il m'a dit que c'était tout ou rien. Mais je ne peux pas tout lui donner parce que… et s'il était comme son père ? Et si j'étais comme notre mère ? Et je ne veux pas oublier qui je suis. Il m'a demandé de m'en aller. Il m'a demandé de partir de chez lui, et j'ai envie de mourir.

Après avoir terminé ma tirade larmoyante, je posai la tête sur les genoux de ma sœur et pleurai de plus belle. Elle me caressa la tête et me laissa sangloter contre son ventre rond. Sans cesser de pleurer, je tapotai son ventre et saluai mon neveu.

— C'est important. Je ne me rappelle pas la dernière fois que je t'ai vue dans cet état, pas même lorsque nous étions enfants. Tu n'es pas du genre à pleurer, remarqua Cherry avant de poser la main sur mon front. Non, tu n'as pas de fièvre.

Je m'assis et m'essuyai le visage avec ma manche.

— Il faut que je te dise quelque chose.

Je pris une inspiration en me demandant par où commencer. Je ne savais pas comment Cherry allait prendre ce que je m'apprêtais à lui dire.

— Peu de temps après nos dix-huit ans, je... Je suis partie à la recherche de notre mère, dis-je, avant de lever la tête pour voir comment elle réagissait à la nouvelle.

— Ne me dis pas que tu l'as trouvée..., murmura-t-elle, soudain livide.

— Elle est morte. Elle est morte quand nous étions très jeunes. Mais j'ai appris beaucoup de choses sur elle de la part de personnes qui l'avaient connue.

Cherry semblait surprise, mais curieuse. À l'époque, j'avais voulu attendre le bon moment pour lui en parler, mais ce moment semblait ne jamais s'être présenté.

— Je me prépare au pire. Sinon, tu m'en aurais parlé beaucoup plus tôt, murmura Cherry.

— Après la mort de notre père, notre mère a connu une série de relations amoureuses désastreuses. Cherry, on aurait dit qu'elle attirait les ratés et les relations malsaines. On lui a retiré notre garde parce qu'elle se laissait tellement marcher dessus, elle se faisait tellement maltraiter par ses copains qu'elle n'était plus capable de s'occuper de nous, ni de prendre soin d'elle. Elle a littéralement été contrôlée par un homme après l'autre, jusqu'à ce qu'elle y laisse la vie. Elle n'était même pas capable de protéger ses enfants.

Les larmes aux yeux, Cherry m'écoutait en caressant distraitement son ventre.

— Bon, ce n'est pas une grande surprise, dit-elle enfin. On savait déjà qu'on lui avait retiré notre garde.

— Depuis que j'ai appris son histoire, je vis dans la hantise de reproduire les mêmes erreurs qu'elle.

— Comment ça ? Tu as peur d'abandonner tes enfants à cause d'un homme ?

— Ben...

— Tu es sérieuse ? demanda ma sœur, bouche bée. Chyna ! Tu n'as rien à voir avec elle ! Il n'y a aucun risque que tu abandonnes tes enfants à cause de Blaise. Aucun. Et crois-moi, Blaise ne te ferait jamais souffrir volontairement. C'est un homme bien. Il veut seulement t'aimer et te protéger. Et putain, tu le mérites ! Ce que je vis avec Cezar est génial. Je veux que tu connaisses pareil bonheur, toi aussi.

Nous restâmes silencieuses quelques minutes. Lorsqu'elle présentait les choses ainsi, j'avais du mal à ne pas être d'accord avec elle. Blaise avait peut-être des opinions un peu arriérées sur le partage des tâches, mais il était toujours resté respectueux avec moi, peu importe comment je le traitais ou ce que je lui disais.

— Je ne sais pas quoi faire. Il m'a demandé de partir. Il m'a mise dehors.

— Tu lui as dit ce que tu ressens pour lui ?

— Je n'ai pas pu, répondis-je en secouant la tête. J'étais terrifiée, Cherry.

— Cezar m'a garanti qu'il était un homme bon, et il le connaît depuis des siècles. Il est très gentil, Chyna. Un peu rustre parfois, mais son cœur est pur. Il est adorable avec les neveux de Sky, et il m'a construit un berceau pour me remercier de lui avoir appris à se servir de la machine à lav—

Elle s'arrêta en mettant la main sur sa bouche.

— Oups. Enfin bref, il est très gentil.

— Tu lui as appris à utiliser une machine à laver ?

— Oh, zut. Je n'étais pas censée te le dire. Mon cerveau baigne dans les hormones, on ne peut pas me faire confiance. Il est venu ici tous les jours, depuis qu'il s'est fait virer du cours de cuisine.

— Du *cours de cuisine* ?

— Oups, je recommence. Il s'est inscrit à un cours au centre communautaire de Lafourche. Mais il s'est fait exclure après un petit accident. Il a failli faire brûler la salle. Alors Cezar lui a appris à cuisiner. Les neveux de Sky, Nick et Casey, lui ont appris à nettoyer. Je lui ai montré comment utiliser la machine à laver et le sèche-linge. À séparer le blanc et les couleurs, et à plier ses vêtements pour qu'ils ne soient pas froissés. Vraiment, c'est bien un truc d'homme d'avoir besoin de cours pour ça, non ? On aurait cru que je lui enseignais la physique nucléaire.

— Il *cuisine* ?

— Oui, et il se débrouille bien, dit-elle en prenant ma main. Il a appris tout ça pour toi. Il veut être un compagnon digne de toi. Il t'appelle sa reine. C'est vraiment mignon. Il n'a rien d'un raté. C'est un mec en or, Chyna.

J'essayai d'intégrer toutes ces informations. J'avais l'impression que Cherry venait de lancer une bombe dans mon esprit déjà confus.

— Mais... Je ne comprends pas.

— Il ne veut pas seulement être avec toi. Il veut te rendre heureuse. Il a appris toutes ces choses pour devenir un homme meilleur, pour toi. J'ignore pourquoi il t'a demandé de partir après tout ça, ajouta-t-elle en secouant la tête.

— Moi je sais, répondis-je. Parce que j'ai refusé de m'engager avec lui. Je voulais continuer une relation sans attaches. Je voulais qu'il reste mon plan cul.

— Oh, Chyna.

Je me pelotonnai dans le coin du canapé.

— Il a dit que c'était tout ou rien. Je n'ai pas réussi à dire oui pour tout, alors je lui ai laissé penser que je ne voulais rien.

— Mais c'est faux, n'est-ce pas ?

— Oui. J'ai l'impression d'avoir une blessure au cœur, Chyna. Toutes mes plantes sont mortes en Floride. Je me suis fait virer. *Virer*. Moi. Je n'arrive plus à manger, ni à dormir. La nuit, je rêve de lui et...

— Et ?

— Et je sens bien comme il a souffert chaque fois que je suis partie. Je le sentais, mais je suis partie quand même.

— Alors, demande-lui pardon. Fais-toi pardonner. Il ne t'en voudra pas, Chyna. Et tu finiras par te pardonner. J'étais terrifiée à l'idée d'être avec Cezar. Je suis sûre que tu t'en souviens. Et tu m'avais donné un très bon conseil. Heureusement que j'ai fini par t'écouter. Regarde où nous en sommes maintenant. Nous allons bientôt avoir un enfant. Nous sommes une famille. Il est temps que je te retourne ton conseil.

Tu avais raison. Peu importe à quel point nous sommes abîmées par la vie, nous avons droit au bonheur. Tu déprimes depuis des semaines. Je ne compte pas rester là à te regarder souffrir parce que tu es une poule mouillée. Tu as une chance d'être heureuse. Va la saisir, dit-elle d'une voix sévère que je ne lui connaissais pas. Oui, j'entraîne mon ton de maman. Et tu as intérêt à m'écouter. Tu as le choix. Tu peux rester à pleurnicher sur mon canapé, ou tu peux retourner voir Blaise et lui dire ce que tu ressens vraiment. Vous vous réconcilierez sur l'oreiller, et vous pourrez commencer une vie ensemble. Avec un homme qui sait cuisiner et tenir une maison. Et surtout, avec un homme prêt à faire des efforts et à s'améliorer pour toi — parce qu'il t'aime. Mais pour ça, il faut que tu lui dises la vérité.

— Il ne m'aime pas, rétorquai-je. Il me connaît à peine.

— Et toi, tu ne l'aimes pas ? demanda Cherry en levant les yeux au ciel.

— Je...

Je ne pus finir ma phrase.

— Dis-le. Admets que tu l'aimes. Je sais que c'est le cas. Je te connais. Tu ne te comporterais pas ainsi si tu ne l'aimais pas. À mon avis, tu l'aimes depuis le premier jour. Ce lien de compagnons, c'est vraiment un truc puissant.

— Je... Je dois y aller.

— Bien d'accord, dit-elle en souriant. Va voir ton dragon.

Je me levai en souriant aussi. Des larmes coulaient toujours sur mes joues, mais des larmes de joie. Je remarquai une tempête par les fenêtres.

— Chyna, une dernière chose... Maman était une danseuse exotique, alors ? C'est pour ça, nos prénoms ?

Ma sœur savait toujours comment me faire rire.

— En fait, il n'y a toujours aucune explication pour nos noms de strip-teaseuses. Ça reste un mystère.

Chapitre Vingt-Quatre

BLAISE

—Je suis désolée !

La pluie torrentielle trempait le dock et ma petite compagne.

J'avais ouvert la porte prêt à lui accorder tout ce qu'elle voudrait. J'avais exprimé mes souhaits, mais si elle revenait pour me dire qu'elle ne voulait que du sexe entre nous, j'aurais accepté. Je n'aurais pas pu la refuser une deuxième fois. Mais je ne m'étais pas attendu à la trouver devant ma porte, trempée jusqu'aux os, hurlant pour se faire entendre malgré la tempête.

— Je suis désolée de t'avoir fait souffrir. Je suis désolée de t'avoir traité comme je l'ai fait. J'avais peur. J'avais peur que tu me fasses du mal, alors je t'ai blessé le premier. J'avais peur d'être le même genre de femme que ma maman, qui a été si abîmée par les hommes qu'elle a abandonné ses enfants sans un regard en arrière. Je suis désolée, Blaise. Je suis vraiment navrée de t'avoir fait subir tout ça.

Abasourdi, je restai là sans savoir quoi dire.

— J'ai eu tort, continua-t-elle, avant de sursauter lorsqu'un éclair tomba un peu trop près de nous. On peut peut-être continuer à parler à l'intérieur...

Je repris mes esprits. Je l'entraînai à l'intérieur et refermai la porte derrière nous, puis allai chercher une serviette propre et la drapai autour d'elle. Elle tremblait des pieds à la tête, et ses dents claquaient.

— Merci, dit-elle d'une petite voix. Je ne répéterai jamais assez combien je suis désolée. J'ai fait n'importe quoi. J'ai été infecte. Je ne m'attends pas à ce que tu me pardonnes, mais tu dois savoir que ça n'a jamais été parce que je ne voulais pas être avec toi.

— Chyna, je...

— Non, laisse-moi t'expliquer. S'il te plaît.

Elle attendit mon assentiment avant de continuer.

— Cherry et moi n'avons jamais connu l'homme qui a mis notre mère enceinte. Il est parti avant notre naissance. Notre mère est morte. Nous avons été déposées devant la porte d'un horrible orphelinat dirigé par une femme amère et cruelle qui nous répétait que personne ne voulait de nous. Et dans une certaine mesure, elle avait raison. Nous avons été trimballées de maison d'accueil en foyers, toujours tolérées plus que désirées. Alors quand je t'ai rencontré, j'ai pris peur. J'ai tous ces problèmes, Blaise... J'ai été brisée en mille morceaux avant même d'avoir dix ans. Et je le suis toujours. Brisée.

Je m'éclaircis la gorge avant de trouver ma voix. Je ne savais pas par où commencer. J'étais en colère contre toutes les personnes qui lui avaient fait du mal. À cause d'elles, elle avait peur de m'ouvrir son cœur aujourd'hui. Mais par-dessus cette colère, je ressentais un grand soulagement.

— Laisse-moi t'aider à te reconstruire, dis-je en lui prenant les épaules et en la fixant dans les yeux pour ressentir ses émotions.

Au bout d'un moment, je sentis sa garde s'abaisser. Un soupçon de tristesse, d'espoir, de la colère contre elle-même. Mais surtout, je sentis son amour pour moi. C'était plus puissant que tout le reste.

— Tu m'aimes, dis-je, ravi.

Elle rougit et détourna son regard. Mais alors que je m'attendais à ce qu'elle nie, elle finit par acquiescer.

— Et tu m'aimes, dit-elle.

— Depuis le premier jour, confirmai-je.

— Mais... Je n'ai pas été correcte avec toi.

— Je n'ai pas été très correct non plus. J'ai été un idiot. Je pensai que je n'avais rien à changer, et j'avais tort. Pardon d'avoir pensé que c'était à toi de t'occuper des tâches ménagères, dis-je en lui caressant le cou.

— Ne t'excuse pas. Ce que j'ai fait était bien pire.

— Je ressens tes émotions. Tu n'as pas besoin d'en dire plus, dis-je en la prenant contre mon torse.

— Je suis désolée, Blaise...

— Cesse de t'excuser, jolie compagne. Si tu veux que je me sente mieux, tu dois te sentir mieux. Je ressens tes émotions. Nous pouvons laisser tout ça derrière nous, ensemble. Tu es d'accord ? Tu acceptes de venir vivre ici ? demandai-je, soudain hésitant.

— J'ai une maison, dit-elle en reculant pour rencontrer mon regard.

— Nous pouvons aller habiter là-bas, si tu préfères.

— C'est une bicoque à côté de ce *château*. Peu importe où nous habitons, Blaise. Nous sommes ensemble maintenant.

Je poussai un cri de joie et la fis sursauter. Mon cri fut suivi par un coup de tonnerre assourdissant qui fit trembler les vitres.

— Quoi qu'il en soit, mieux vaut rester ici ce soir, proposai-je en la serrai instinctivement contre moi.

— Je pense qu'on va rester ici quelques jours. On a beaucoup de temps à rattraper. Et de choses à se dire. J'ai hâte de goûter ta cuisine, dit-elle avec un regard brillant.

— Tu aimerais que je cuisine pour toi ?

— On peut aussi commander des pizzas, dit-elle en souriant.

— On verra plus tard, dis-je en lui rendant son sourire. Il me semble que tu n'es pas venue ici pour manger.

— Je suis désolée ! s'exclama-t-elle en réenfouissant son visage contre mon torse.

Je la pris dans mes bras et la portai jusqu'à la chambre.

— Oublions tout ça. Il est temps de se concentrer sur notre futur, et toutes les bonnes choses à venir.

— Je vois que tu sais toujours obtenir ce que tu désires, mon dragon.

— Dans certains domaines, j'aime garder le contrôle, jolie compagne, dis-je en éclatant de rire en la déposant sur le lit.

Ses tétons pointaient sous son t-shirt mouillé. Je me penchai et les pris l'un après l'autre dans ma bouche.

— Pourquoi aurais-tu le contrôle ? demanda-t-elle d'un ton taquin en reculant hors de ma portée.

Je passai mon t-shirt par-dessus ma tête, acceptant son défi avec un plaisir non dissimulé.

Chapitre Vingt-Cinq
CHYNA

Tout était différent. Il n'y avait plus de barrières entre nous. Je pouvais sentir ses pensées et ses émotions, et notre connexion était plus puissante que jamais. C'était comme si des milliers de petits fils nous reliaient, nous rassemblaient. Je pouvais presque les voir par moments. J'étais heureuse, mais aussi abasourdie par notre connexion.

— Qu'est-ce que c'est ? Qu'est-ce qui se passe ? Est-ce que tu le sens aussi ? demandai-je en me léchant les lèvres.

— Oui. C'est notre lien qui achève de se former, répondit Blaise en souriant. Tu es coincée avec moi maintenant, ma reine.

Il me prit par la taille et me serra contre lui. Je le laissai faire, surprise d'avoir envie de m'abandonner à son bon vouloir dans la chambre à coucher. Du moins à cet instant. Il suça ma lèvre inférieure et je me collai contre lui, me délectant de ressentir ses émotions via notre lien, et de savoir qu'il savait tout le plaisir qu'il me donnait.

Il me souleva et je serrai mes jambes autour de sa taille, puis il nous pencha sur le lit sans jamais cesser de m'embrasser. Il adora silencieusement ma bouche et caressa mon corps, ne manquant jamais de révéler des zones de plaisir jusqu'alors insoupçonnées, tout en remuant lentement ses hanches.

Je griffai bientôt son dos et imprimai mon mouvement de va-etvient en rythme avec le sien. J'étais déjà sur le point de jouir. Il ne m'avait même pas encore déshabillée, mais j'étais déjà prête à exploser. Il donna encore un coup de reins, et je jouis en plongeant mes doigts dans ses cheveux. Il étouffa mon cri de sa bouche aimante.

Je tremblai tandis que Blaise déposait des petits baisers le long de mon cou et de mon épaule.

— Tu as été faite pour moi, Chyna, murmura-t-il d'une voix émue.

Ma sœur avait raison. Cette connexion était incroyable. Je sentis sa respiration s'apaiser avec la mienne, et elles se synchronisèrent bientôt instinctivement. Je lui souris.

— Je crois que je n'en aurais jamais assez.

— Je l'espère bien, répondit Blaise en souriant.

— Qui prépare le dîner ce soir ? Je suis désolée d'être si nulle en cuisine. Je peux commander une pizza.

— Je n'ai pas envie de pizza. Je t'ai, toi.

Je m'assis et lui lançai un regard plus sérieux. Il sentit le changement et s'assit plus droit contre les oreillers.

— Blaise ? Tu crois que ça va marcher entre nous ?

— Je le sais, ma reine. Nous sommes liés. Et maintenant que nous pouvons ressentir nos émotions, nous pourrons facilement nous rendre heureux.

À cet instant, je pensai que je serais toujours heureuse, tant que je l'aurais, *lui*. C'était effrayant de ressentir une telle dépendance à l'égard de quelqu'un, mais je refusais de me mentir, ou de lui mentir.

— Je veux bien faire le ménage.

Blaise pencha la tête sans répondre.

— Je me disais qu'on pouvait partager les tâches ménagères. Je ne voulais pas me retrouver avec tout sur les bras, mais tu ne devrais pas être le seul à les faire non plus.

— Je me disais que nous en discuterions à un moment.

— Et bien, je propose de m'occuper du nettoyage. Surtout si je peux acheter un aspirateur-robot pour le faire à ma place.

— Un robot ? Je n'aime pas ça, dit Blaise en fronçant les sourcils.

— Un problème, grand-père ? On a du mal à vivre avec son temps ?

Il éclata de rire et me renversa en-dessous de lui. Un grand sourire aux lèvres, ses yeux bruns étincelants, il avait l'air sauvage.

— J'ai deux règles ; c'est moi qui commande dans la chambre, et pas de robots.

Je fis mine de réfléchir en me mordant la lèvre.

— D'accord pour la chambre. On peut négocier pour les robots ?

Blaise me donna un coup de reins avant de répondre.

— Je sens que nous trouverons un compromis. Je trouve que nous devenons très forts pour ça, murmura-t-il.

— J'aime les compromis, mon roi, dis-je en me soulevant pour mordiller sa lèvre.

Qui aurait pensé qu'un homme-dragon vieux de plusieurs siècles révélerait de telles dispositions à trouver des compromis ?

FIN

Prochain ouvrage de la série :

Demain, Lennox Ledoux se marie.

Le plus beau jour de sa vie, donc.

Alors, pourquoi a-t-elle l'impression de voir les portes d'une cellule se refermer sur elle ?

Lorsqu'une immense créature rouge s'écrase au sol non loin d'elle, elle est la seule à la voir.

Lorsqu'il se transforme en un homme nu et sexy, elle est toujours seule avec lui.

Remy lui assure qu'ils sont faits l'un pour l'autre.

Et bon Dieu, elle a envie de le croire.

Mais il est ivre, et il ne semble pas avoir toute sa tête.

Et puis, elle ne peut pas annuler son mariage maintenant.

Pas avec tous les invités déjà en ville, et tout l'événement déjà payé.

Si ?

Printed in Poland
by Amazon Fulfillment
Poland Sp. z o.o., Wrocław